NARRATORI ITALIANI

MARCO PEANO
MORSI

ROMANZO
BOMPIANI

www.giunti.it
www.bompiani.it

© 2022 Giunti Editore S.p.A. / Bompiani
Via Bolognese 165 – 50139 Firenze – Italia
Via G.B. Pirelli 30 – 20124 Milano – Italia

Pubblicato in accordo con MalaTesta Lit. Ag. Milano

Realizzazione editoriale: SEIZ - Studio editoriale Ileana Zagaglia
La mappa alle pagine 8-9 è stata realizzata da Zungdesign/Marco Zung

ISBN 978-88-301-0504-1

Prima edizione: gennaio 2022

a Mery ed Eve

Non è mai senza senso scegliere l'impossibile invece del possibile. L'unica cosa insensata è accettare il possibile.

Stig Dagerman

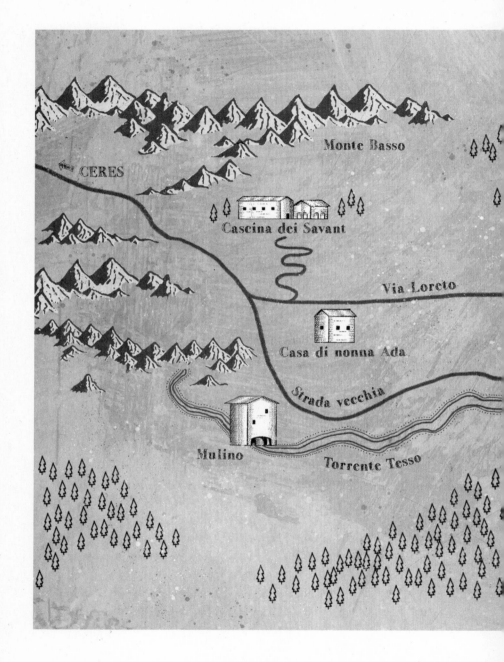

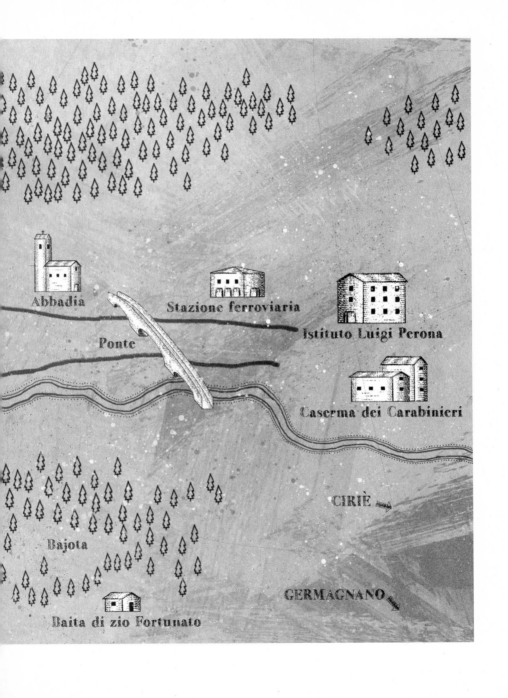

IL COLLOQUIO

Dentro il sacco – Visita inattesa – Ottocento lire – Una spia in casa – Tutto cambia

Aveva di nuovo sognato le parole.

Le accadeva spesso, quando passava la notte a Lanzo: una successione di lettere che sbocciavano una dopo l'altra mentre dormiva, e nessuna catena logica a guidarle. Le parole generate da quelle lettere sfilavano come su un nastro e si rincorrevano dando forma a frasi incomprensibili, risultando oscure anche al risveglio. Talvolta, appena spalancati gli occhi sul mondo reale, si sforzava di riacciuffare brandelli di senso; concentrandosi le sembrava di riconoscere una conversazione sentita durante il giorno e riemersa nel dormiveglia, qualche riga studiata la sera prima, oppure un appunto preso distrattamente sul quadernone ad anelli.

Le facevano visita di frequente, le parole. Anche quel mattino di inizio novembre galleggiavano nella stanza, come bolle di sapone pronte a dissolversi.

Da quando la scuola era ricominciata, le giornate erano scandite dai paradigmi di inglese da mandare a memoria e dagli esercizi di geometria che tanto la tormentavano. Era una studentessa diligente, che non ambiva a essere la prima della classe, anche se fin da piccola le maestre dicevano fosse "più matura della sua età". Un destino curioso per chi, come lei, era nato prematuro: qualcuno diceva che i settimini fossero condannati a un futuro infelice. Ma Sonia no. I genitori – o per meglio dire la madre, conscia di quella precocità – l'avevano a suo tempo iscritta alla primina. Il vantaggio che aveva sulla maggior parte dei coetanei quando si trattava di studiare sbiadiva di fronte alle cose più pratiche, ma lei si accontentava di portare a casa buoni voti che non facessero arrabbiare i genitori. Soprattutto il padre.

Alcune linee di febbre l'avevano tenuta a casa. Capitava che, vuoi perché giocava in cortile col giubbotto mezzo aperto (la rimproverava la nonna), vuoi perché il suo corpo reagiva così all'abbassamento di temperatura (che quell'anno si preannunciava drastico), si ammalasse con facilità. Nulla che un paio di pomeriggi a oziare leggendo qualche vecchio giornalino e guardando la TV – dopo aver finito i compiti, ovvio – non potessero guarire.

La casa era fuori dal centro abitato, sulla strada che s'inerpicava per le montagne. Lanzo Torinese – chissà chi l'aveva battezzato così, visto che si trovava a una quarantina di chilometri dal capoluogo – era un paese di provincia simile a tanti altri delle Valli di Lanzo. Possedeva molte caratteristiche da località di alta montagna (in passato era stato un luogo di villeggiatura), pur restandosene da sempre quieto ai piedi delle Alpi. Eppure il semplice fatto di trovarsi all'imbocco delle valli boschive a cui dava il nome rendeva Lanzo e i suoi abitanti in certa misura permalosi: guai a dire male di quelle case, molte ancora di pietra; di quelle vie strette e tortuose perlopiù in salita, progettate per far passare i carri col bestiame; o di quei pochi negozi che vendevano qualsiasi cosa.

Altrettanto imbevute di orgoglio provinciale erano le persone che nascevano e morivano a Borgo Loreto: così la gente del posto chiamava il pugno di case dove la madre di Sonia era cresciuta, e dove ancora viveva nonna Ada. I suoi vicini erano Sergio e Cilia, un'anziana coppia che abitava le stanze che, un tempo, avevano ospitato una fucina. A fianco della cuccia di Baldo, il loro cane, si trovava un mulino ancora funzionante, anche se ormai nessuno più lo usava per forgiare il ferro o lavorare il rame. Le volte in cui dormiva dai nonni – così si ostinava a dire sua madre anche se nonno Delio era morto da sette anni, così aveva imparato a dire Sonia – si addormentava ascoltando il lamento dell'acqua che precipitava sulle pale del vecchio mulino. Il getto del torrente cadeva instancabile, muoveva la ruota producendo un suono dolce che conciliava il sonno e niente più. Una notte dopo l'altra, Sonia veniva cullata da quella personale ninnananna.

Adorava il bozzolo in cui la intrappolava nonna Ada. Le estremità della coperta finivano sotto il materasso insieme alle lenzuola: il sacco, così lo chiamava mentre – con fare deciso – sistemava il letto dopo che Sonia ci era scivolata dentro come un foglio in una busta. Poi la nonna spegneva la luce senza tanti complimenti, chiudeva la porta a soffietto che separava le due stanze e si ritirava in camera sua. A Sonia non importava rinunciare all'idea di alzarsi durante la notte per fare pipì, né le dispiaceva di non potersi girare su un fianco: preferiva rimanere supina fra le lenzuola. Immobile, dentro il caldo buono del sacco.

Sul sussidiario Sonia poteva restare interi minuti a osservare le fotografie dei sarcofaghi dell'antico Egitto, così nel letto giocava a fare la mummia: teneva i talloni aderenti al materasso orientando i piedi verso l'alto, le gambe strette perfettamente allineate, gli alluci che gonfiavano le coperte come due collinette gemelle. Con le mani si cingeva le spalle – le braccia a formare una X sul petto – finché il respiro un po' alla volta si faceva più regolare. Nessuna minaccia mai l'avrebbe raggiunta in quella camera da letto, la stessa dove aveva dormito la madre quando aveva la sua età. Nessun mostro che abitava nel buio avrebbe potuto rapirla per condurla nella sua tana: lì Sonia si sentiva protetta.

Sbirciò l'ora sulla radiosveglia che teneva sul comodino: le 6.35. Aveva tutto il tempo per fare colazione con calma e incamminarsi verso la scuola; riacquistate le forze, Sonia era pronta per affrontare il resto della settimana.

Dopo essersi lavata e vestita, toccava scendere al pianterreno. Per farlo bisognava attraversare la stanza della nonna, e questo non le piaceva per niente. C'era qualcosa di *sbagliato* in quella camera da letto, anche se non avrebbe saputo dire cosa. La nonna non teneva mai gli scuri aperti: se durante il giorno il sole filtrando donava una leggera illuminazione all'ambiente, il problema si presentava la sera. L'interruttore del lampadario era infatti lontano dalle scale, e salendo al piano di sopra per andare a dormire Sonia era obbligata a muoversi al buio.

Cercava di percorrere la stanza il più velocemente possibile. Aveva imparato a memoria la disposizione e l'ingombro del letto matrimoniale, dell'imponente armadio di noce, del comò. La toeletta per il trucco stava di lato, coperta da un lenzuolo: Sonia da piccola ricordava di aver giocato all'attrice, seduta davanti a quella specchiera rotonda.

Quando per qualche motivo le capitava di svegliarsi, sentiva un russare sommesso al di là del muro; la nonna andava a coricarsi molto tardi. Ma guai ad aprire la porta a soffietto per cercare consolazione in caso di incubi, come era abituata a fare a casa sua: nonna Ada non voleva essere disturbata per alcuna ragione.

Sonia si fece forza e ad ampi passi raggiunse le scale a sbalzo. Gli scalini erano solidi ma molto ripidi, collocati a una decina di centimetri l'uno dall'altro: dodici tavole di legno massiccio fissate da un lato al muro portante, dall'altro a un mancorrente cui le avevano sempre raccomandato di aggrapparsi.

A metà strada sentì un bisbiglio arrivare dalla cucina, probabile che nonna Ada stesse guardando la televisione. Scese ancora qualche scalino e solo a quel punto si rese conto. Era la voce della mamma. L'istinto fu quello di precipitarsi di sotto e abbracciarla, ma non capiva perché quel mattino fosse lì: non aveva detto che sarebbe venuta a trovarla nel finesettimana? A quell'ora di solito si stava preparando per andare in ufficio, era successo qualcosa?

La madre stava discutendo con la nonna, e il tono che entrambe avevano era quello di chi non vuole farsi sentire. La porta che conduceva al vano scale era chiusa, quindi la conversazione risultava ovattata. Curiosa ma leggermente turbata dalla visita inattesa, Sonia rimase ferma in quello spazio adibito a dispensa, la luce proveniente dalla cucina che le lambiva i piedi. Sotto di lei, fra gli scalini intravedeva i pacchi di pasta, lo scatolame, le cassette della frutta, il piccolo frigorifero e un'intera parete di mattoni dove nonno Delio aveva sistemato la sua collezione di vini. Adesso che lui non c'era più, i colli delle bottiglie ricoperti da spesse dita di polvere testimoniavano il fatto che in quella casa nessuno beveva alcolici.

Trattenne il fiato, socchiuse gli occhi e provò a origliare: era sua mamma a tenere il filo del discorso, la nonna ogni tanto commentava laconica. Madre e figlia stavano conversando in dialetto; il piemontese per Sonia era una lingua straniera, lei non sapeva parlarlo, i suoi compagni di classe e i suoi insegnanti parlavano quasi sempre in italiano, Katia, la sua migliore amica, era originaria di un paese vicino a Caserta e riusciva ancora meno di lei a decifrare quei versi aspri e puntuti. Eppure il padre e la madre lo usavano spesso fra di loro (soprattutto in casa, quando litigavano), e anche nonna Ada – con quelli che chiamava i clienti – parlava solo in dialetto.

Il primo giorno delle elementari, dopo l'appello, il maestro aveva invitato Sonia e gli altri alunni a presentarsi dichiarando ad alta voce il nome dei propri genitori e il loro mestiere.

Le cose di cui i lanzesi andavano fieri erano due: la stazione ferroviaria, l'unica della zona, e soprattutto il glorioso Istituto comprensivo statale Luigi Perona, in cima al paese. L'istituto (un edificio spropositatamente grande) includeva asilo, scuole elementari e medie, ed era il ricettacolo educativo delle valli intere. Se si escludevano un paio di scuole private in mano agli ordini religiosi, le altre minuscole frazioni montane sparse nei dintorni – nomi come Pessinetto, Coassolo, Mezzenile, Rocca e Cantoira: nient'altro che suoni – non avevano una scuola dell'obbligo, e dirottavano lì i bambini per dare loro un'istruzione.

Quel primo giorno di lezioni tutti avevano obbedito docili al maestro eccetto uno, che aveva fatto scena muta. Si chiamava Matteo, e Sonia lo conosceva perché qualche numero civico più in su di via Loreto 143 – dove c'era la casa dei nonni – si trovava una cascina in cui veniva prodotto e venduto il latte di cui lei era ghiotta.

I proprietari, la famiglia Savant, la possedevano da sempre: generazioni di pastori che d'estate portavano in alpeggio le vacche e le capre per poi ricondurle in pianura nei mesi più freddi; producevano la toma, il burro e altri formaggi che vendevano al mercato. Gli anziani genitori di Matteo avevano ereditato quell'attività, cercando di modernizzare la cascina con vari apparecchi per pastorizzare il latte. Non c'erano controlli severi, erano ancora gli anni in cui potevi trovare il burro di malga con facilità: bastava conoscere un pastore e quello, se era onesto, te lo vendeva a un prezzo ragionevole. I Savant avevano costruito un piccolo impero fondato sui latticini, ampliandolo con la vendita di salumi fatti in casa, e sebbene mandassero in giro il loro unico figlio vestito alla meno peggio si diceva nascondessero chissà dove un bel gruzzolo.

Fin da quand'era molto piccola Sonia era solita accompagnare la nonna a comprare il latte fresco: rendevi la tua bottiglia vuota e, in cambio di ottocento lire, te ne davano un'altra piena. Mentre nonna Ada scambiava chiacchiere di cortesia con gli adulti, sullo sfondo non mancava mai questo bambino grassoccio – lo sguardo che di infantile non aveva più nulla – che invece di giocare a pallone era impegnato a controllare che le mangiatoie fossero piene, o che i maiali stessero buoni nel loro stalletto.

L'odore di letame si sentiva non appena imboccavano la strada sterrata che declinando dolcemente portava alla cascina, e rimaneva ancora un po' attaccato ai capelli e ai vestiti quando si allontanavano con la nuova bottiglia piena fino all'orlo che Sonia reggeva con entrambe le mani, il vetro caldo stretto al petto. Non poteva evitare di fare una smorfia, domandandosi come facessero i Savant a convivere tutto il giorno con quel tanfo.

Una volta, avrà avuto quattro o cinque anni, mentre i grandi parlavano dei fatti loro nell'ampio cortile della cascina, aveva osato chiederlo proprio a Matteo.

"Di quale puzza parli?" aveva risposto lui in dialetto.

Sonia aveva sgranato gli occhi, indietreggiando di un passo: le sembrava impossibile che qualcuno della sua età potesse parlare quella lingua così difficile. Forse non si era espressa bene. "Come fai con questa *puzza*," aveva insistito allargando le braccia verso la stalla, dove le vacche ruminavano placide, scacciando le mosche con la coda.

"Io non sento nessuna puzza," aveva tagliato corto l'altro, senza rinunciare al dialetto.

Finché un urlo li aveva raggiunti, perentorio nella sua semplicità: "Teo!" Il bambino era impallidito e, come un militare richiamato all'ordine, con una goffa corsa aveva raggiunto il padre: doveva aiutarlo a scaricare le balle di fieno dal rimorchio del trattore.

Forse proprio per via di quell'odore persistente che pareva essere un tutt'uno con lui, forse per il cocciuto silenzio quando – durante il primo giorno di scuola – gli era stato chiesto che lavoro facessero i suoi genitori, il povero Matteo era diventato lo zimbello di tutti. Aveva perfettamente compreso la domanda, ma non avrebbe saputo rispondere in italiano. La classe intera era scoppiata in una risata crudele quando il maestro – che in realtà conosceva bene le famiglie di ognuno di loro, e dunque il mestiere dei genitori – aveva commentato sarcastico: "Cos'è, una mucca ti ha forse mangiato la lingua?"

Anche Sonia si era ritrovata a sghignazzare di fronte a quell'umiliazione pubblica, compiacendosi che non fosse toccato a lei subire quelle risate.

A parte il legame con Katia, Sonia si sentiva a disagio con i coetanei. Raramente scambiava qualche parola con qualcuno che non fosse un adulto; le capitava solo quand'era costretta a fare conversazione. Nella sua breve vita aveva già imparato a soffocare l'indole curiosa, tenendosi stipate in bocca tutte le domande che le pizzicavano il cervello. La sua timidezza veniva scambiata spesso per scontrosità: preferiva di gran lunga tacere e passare per antipatica anziché per stupida.

Suonata la campanella dell'intervallo, tutti avevano tirato fuori dagli zaini pacchetti di patatine, biscotti o merendine confezionate. Tutti tranne Matteo, che dalla cartella aveva estratto un grande panino avvolto nella carta argentata. La maggior parte dei compagni l'aveva osservato in silenzio, limitandosi a sussurrare qualcosa all'orecchio del vicino. I bambini più sfrontati invece l'avevano apertamente deriso, e avrebbero continuato nei giorni a venire, mimando la foga con cui sbranava il suo panino traboccante di salame cotto o di fontina.

Matteo – il corpo inadatto a quelle sedioline minuscole – aveva finto di non badare agli schiamazzi, guardandosi intorno sperduto in cerca di un appiglio. Una volta riconosciuta Sonia, seduta al banco in compagnia di un'altra bambina con cui sembrava essere molto in confidenza, aveva chiamato a raccolta il coraggio e si era avvicinato stringendo con forza a sé il panino come uno scudo.

"Ciao, sono Teo Savant," aveva detto a entrambe, facendo cadere sul banco una pioggerellina di briciole di pane. Sorrideva, mostrando una chiostra di piccoli denti irregolari: un cucciolo che chiede una carezza.

"Lo so chi sei," aveva sbuffato Sonia senza alzare lo sguardo, fingendosi concentratissima nello scartare una confezione di cracker salati. Poi aveva ruotato la sedia per escluderlo dal suo campo visivo.

L'altra bambina si era limitata a sventagliare una mano davanti al proprio naso, dove campeggiava un grande paio di occhiali. Era più desiderosa di mortificarlo che infastidita dal leggero olezzo che in effetti circondava il bambino: "Davvero lo conosci?" aveva chiesto a Sonia con una punta di incredulità.

Anche Katia Russo aveva i suoi buoni motivi per sentirsi sollevata dal non essere il bersaglio della classe: l'avevano spesso presa in giro per via degli occhiali, che a causa dell'astigmatismo doveva portare quando leggeva e quando guardava la televisione. Senza, non avrebbe potuto distinguere le scritte alla lavagna. Temeva che qualcuno – come le era accaduto all'asilo, dove era diventata l'ombra di Sonia – tornasse a chiamarla "Talpa", un nomignolo che odiava. Non poteva sapere che negli anni a venire, per via della sua pelle brunita, dei capelli scurissimi tendenti al viola e dell'inestirpabile accento del Sud, le avrebbero affibbiato un dispregiativo di gran lunga peggiore: "Napuli".

"Abita vicino a mia nonna," aveva chiarito Sonia all'amica, come per giustificarsi. Poi le due avevano ripreso a chiacchierare fitte fra loro.

Quando si era reso conto che non gli avrebbero più rivolto la parola, il bambino se n'era tornato sconsolato al suo banco. Neppure avevano dato peso allo sforzo da lui compiuto per esprimersi in italiano, ricorrendo a una delle poche frasi imparate a memoria.

Matteo – o Teo, come lo chiamavano tutti – avrebbe superato a fatica l'esame di quinta elementare, senza stringere amicizia con nessuno. L'anno dopo la famiglia lo avrebbe iscritto al Don Bosco, un istituto salesiano privato nel vicino paese di Germagnano, con l'obbligo di frequentare le lezioni anche il pomeriggio. Lui e Sonia non si sarebbero più incontrati per caso nei corridoi di una scuola.

Adesso, appollaiata come una spia sulle scale di casa della nonna nel tentativo di decifrare quei suoni, Sonia si pentì di aver sempre disprezzato il dialetto. Per via della porta chiusa era riuscita a cogliere solo qualche frammento di conversazione, ma era chiaro si trattasse di una faccenda seria.

Elettrizzata da quel nascondiglio improvvisato, scese un altro po' per meglio capire di cosa stessero parlando. Finché la madre pronunciò nella stessa frase le parole "lavoro" (aveva detto *travaj*, ma era un vocabolo facile), "Giacu" (il nome del marito, Giacomo: suo papà) e "incidente". Anche se di sicuro il padre non era la sua persona preferita, anche se lei non aveva dubbi quando scioccamente qualcuno le domandava "vuoi più bene alla mamma o al papà", saperlo in pericolo la precipitò nel panico. Ogni tanto la madre le ricordava che, quasi questo potesse giustificarlo, aveva perso i genitori da ragazzo: "Sai, ha sofferto tanto…" Ma nemmeno lei sembrava convinta di quella spiegazione.

Sonia si decise nel momento in cui il campanile dell'abbadia di Loreto batté le sette, e con un balzo affrontò gli ultimi scalini.

"Cos'è successo?" chiese spalancando la porta.

Le due donne – sedute una di fronte all'altra al modesto tavolo della cucina, i resti della colazione tutt'intorno – si guardarono interrogative: com'era possibile che già sapesse?

"Niente di grave, scimmietta," tentò la mamma allargando le braccia perché la figlia la raggiungesse. Da sempre la chiamava così, e a lei piaceva: talvolta si sentiva davvero una piccola scimmia indifesa.

Sonia però rimase di ghiaccio. "Guarda che ho sentito tutto," sibilò, le lacrime pronte a ruzzolare giù dall'angolo degli occhi.

"Ma *cosa*, hai sentito?" La mamma le si fece incontro, poggiandole le mani sulle spalle. Profumava come sempre di lavanda, e questo bastò per calmarla. "Cosa?"

"Io, io…" Sonia s'interruppe quando incontrò le pupille della nonna, al solito immobili. Tanto la madre era dolce e capace di comprenderla, così nonna Ada risultava impermeabile a qualsiasi bizza. Quello sguardo era capace di raffreddare il fuoco.

"Sara, io ti aspetto di là," fece la nonna, spazientita. E si alzò dalla sedia: il busto leggermente ricurvo, la testa china in avanti, le gambe lunghe e secche; quand'era in piedi diventava un punto interrogativo. Si avvolse nel suo scialle di lana nera e sparì nel salottino.

Fuori da quella casa il buio sembrava sterminato.

"Ti preparo il latte col Nesquik, va bene?" propose la mamma accendendo la televisione sui cartoni animati, la voce forzatamente allegra. "Vuoi la tazza con le stelle?"

"Sì," rispose Sonia d'impulso. Fin da piccola aveva sempre preteso quella tazza blu con le stelle disegnate sul fondo: beveva tutto il latte fino all'ultimo goccio per vederle comparire nel cielo dipinto sulla ceramica.

La donna sorrise, certa di averla distratta. "Oggi puoi venire in ufficio da me," azzardò, "così mi aiuti col lavoro."

"Ma devo andare a scuola!" protestò Sonia addentando una burrosa pasta di *meliga*. "Sono già le…"

"No, scimmietta, oggi no."

Era tutto vero. La madre di Sonia aveva pronunciato nella stessa frase le parole "lavoro", "Giacomo" e "incidente".

Le prime due, in effetti, erano legate fra di loro. Il motivo era il solito: l'uomo ancora una volta aveva perso il posto, e mentre le spiegavano che papà avrebbe dovuto fare dei colloqui per cercare un nuovo lavoro – nonna Ada lo avrebbe aiutato, visto che in quelle valli lei conosceva tutti, e tutti conoscevano lei – Sonia in cuor suo si augurò che non dovessero di nuovo traslocare.

Quando, neppure un anno prima, la famiglia Ala aveva dovuto lasciare l'appartamento di Lanzo, per Sonia era stato un lutto. Abitavano a breve distanza dalla casa dei nonni, e nelle giornate di sole lei si divertiva ad andare avanti e indietro con la mountain bike lungo quelle stradine, costeggiando la frescura delle siepi e salutando per nome ogni cane dietro un cancello: il suo universo. A nulla era servito spiegarle che, poiché adesso papà Giacomo aveva un nuovo impiego, si sarebbero dovuti trasferire a Ciriè, un posto molto più grande di Lanzo e con molti più coetanei con cui giocare.

Aveva pianto l'estate intera, arrivando a smettere di mangiare e di dormire per quasi una settimana. Se ne stava chiusa in camera ascoltando a ripetizione lo stesso CD di Bon Jovi, rifiutandosi di parlare con chiunque tranne che con Katia. L'idea di separarsi dall'amica, più di tutte, era insostenibile; le due avevano preso a scriversi lunghe lettere che si scambiavano tutti i giorni, come se invece di una manciata di chilometri si stesse per mettere fra di loro un intero continente. Ma questo accade, quando si è piccoli: lo spazio si tramuta in una faccenda emotiva, che nulla ha da spartire con la fisica.

I genitori avevano deciso di non far cambiare scuola a Sonia. Di tanto in tanto avrebbe dormito a Borgo Loreto dalla nonna, così che la madre non fosse costretta ad accompagnarla in auto. Il destino si sarebbe messo comunque in mezzo: le sezioni delle classi alle medie dell'Istituto Perona erano due, e gli alunni erano stati suddivisi seguendo l'ordine alfabetico; a Sonia Ala era toccata la sezione A (per via del cognome in cima al registro era sempre la prima a venire interrogata), Katia Russo era finita invece nella sezione B. Per fortuna c'era l'intervallo a riunire per mezz'ora le due amiche ogni mattina.

E ora, si disse Sonia, di nuovo sarebbe cambiato tutto? No, non era possibile. Questi crucci la travolsero con tale impeto che, mentre faceva colazione in quella cucina dove c'era odore di caffè bruciacchiato, mentre la madre con pazienza seguitava a spiegarle che ogni cosa si sarebbe risolta per il meglio, dimenticò di chiedere il motivo per cui quel mattino – e per molti a venire – non sarebbe andata a scuola. Lo stesso per cui i giornali locali, i telegiornali regionali e qualche edizione nazionale avrebbero parlato per settimane di quella storia, ricorrendo a una semplice espressione: "l'incidente".

Gli abitanti di Lanzo e dei paesi vicini tenevano lo sguardo basso ai crocicchi o dentro le case, vergognandosi dei loro stessi pensieri; sussurravano frasi di inadeguatezza e sconcerto ai banchi del mercato o nelle telefonate. Qualcuno inveiva contro la professoressa Cardone con parole feroci e occhi assassini – "Se ce l'avessi davanti ora non sai cosa le farei, a quella pervertita" –, qualcun altro compativa le vittime nascondendo a fatica il piacere sadico con cui si commentano i destini altrui – "Poveri, poveri bambini: non si riprenderanno mai più."

Ignari che ciò che era accaduto in quella classe era solo un'avvisaglia, e neppure troppo cruenta, del vero orrore.

CHIUSURA INVERNALE

*La ricorrenza – Rispetto e timore – Il quinto livello – Ossa
biancheggianti – Compare il ciuffo*

Che la nevicata del 1996 sarebbe passata alla storia, era qualcosa che i meteorologi di tutta Europa avevano pronosticato con sufficiente esattezza. Le previsioni per quell'inverno – nonostante i rudimentali mezzi a disposizione dell'epoca – parlavano di un'ondata di gelo che sarebbe piombata sull'Italia proprio nei giorni di Natale. Eppure fino a un mese prima, salvo qualche sporadica perturbazione, tutto pareva promettere un inverno mite; se non addirittura, al Centro e al Sud, un clima quasi primaverile.

Adesso a Lanzo, così come nel resto del Piemonte, il freddo stava dando gran sfoggio di sé: la neve ancora non era arrivata, ma giorno e notte soffiava un vento affilato che (se proprio si voleva uscire di casa) costringeva a indossare un giubbotto imbottito o una giacca pesante, guanti, una sciarpa e in alcuni casi un bel cappello di lana.

Era più o meno vestita così anche Sonia, quel pomeriggio autunnale, quando insieme a nonna Ada andò a fare visita a Sergio e Cilia. Non aveva protestato, anche se le sembrava assurdo che per affrontare duecento metri scarsi dovessero acconciarsi come per una traversata artica.

Ogni 22 novembre la signora Cilia – si chiamava Cecilia, ma per via della statura si ritrovava un soprannome dimezzato – festeggiava l'onomastico con una *merenda sinoira*, ovvero un rinfresco pomeridiano per il vicinato. Fin dal mattino la donna invitava il marito a farsi una lunga passeggiata, perché doveva preparare dei manicaretti dolci e salati: chi avesse sostato davanti alle finestre di casa loro avrebbe visto una specie di folletto rugoso intento a montare la maionese per il vitello tonnato – dando energici colpi di cucchiaio in una terrina – o a friggere in un grande tegame colmo d'olio bollente dadi di semolino e spicchi di mela passati nel pangrattato.

In quel giorno, e solo in quel giorno, l'ex fucina diventava il punto di ritrovo di Borgo Loreto. Nessuno rifiutava di partecipare, l'invito era implicito senza che fosse necessario ufficializzarlo: tutti sapevano della ricorrenza. La comunità, composta perlopiù da persone anziane, officiava quella specie di rito collettivo per propiziare l'inverno, o forse semplicemente si trattava di un'occasione di festa per quella via così lontana dal centro del paese.

Per nonna e nipote raggiungere la fucina era davvero questione di pochi passi; non c'era bisogno neppure di aprire il cancelletto dipinto di verde che isolava il cortile dalla strada asfaltata. Si girava intorno alla casa costeggiando l'orto in cui nonna Ada accanto ai pomodori, alle patate e alle carote coltivava una serie di erbe di cui era gelosissima, e lì, fra le siepi di lauro alle spalle del pollaio – dove convivevano quattro galline infreddolite –, una strettoia conduceva a quella che tutti chiamavano la strada vecchia.

Il concetto di proprietà privata risultava chiaro anche quando non c'erano confini netti: chi si azzardava a mettere piede senza autorizzazione su un pezzo di terra non suo o era un malintenzionato o "qualcuno di fuori". Più spesso entrambe le cose.

La strada vecchia era in realtà una diramazione di via Loreto, un sentiero che correva parallelo alla carreggiata principale seguendo un ordine dei numeri civici tutto suo. I portalettere che si avventuravano in quella zona, soprattutto se alle prime armi, non avevano vita facile.

Nonna Ada camminava sulle gambe malferme senza sorreggersi a un bastone: a ogni passo sembrava lì lì per cadere a terra. A volte dava l'impressione di avere mille anni, altre che ne avesse venti. Sarebbe stata vana l'offerta di Sonia di poggiarsi a lei, era troppo superba per accettare un aiuto di qualsiasi tipo. In ogni caso anche la nipote preferiva non sfiorare la nonna.

Davanti alla casa di Sergio e Cilia erano accatastate alla rinfusa alcune biciclette arrugginite – segno che gli ospiti erano già arrivati. Il mulino ruotava nella luce calante del pomeriggio e spandeva goccioline d'acqua intorno alla cuccia di Baldo, che legato alla catena sonnecchiava incurante dell'insolito viavai.

Quella era una delle ultime abitazioni di Borgo Loreto dotata di un particolare tipo di stufa a legna che serviva anche da cucina economica: il *putagé*. Ogni famiglia di Lanzo aveva (o aveva avuto) un *putagé* in casa. Su di esso si cucinava, si scaldavano le vivande e l'acqua per potersi lavare o per fare il tè, si asciugavano i vestiti e – raccolti intorno al suo tepore – si combatteva il freddo.

Sebbene altrove fosse stato soppiantato dal forno elettrico o a gas, ma soprattutto dall'arrivo dell'acqua calda, le famiglie che ancora usavano il *putagé* non erano necessariamente in ristrettezze economiche. Gli abitanti di quelle valli facevano una naturale resistenza verso il *nuovo*: ciò che era successo ieri era sempre più importante di ciò che stava accadendo oggi. Le abitudini erano il motore immobile delle loro giornate, e pur di assecondarle preferivano affrontare a testa alta qualche scomodità in più.

Il rinfresco si teneva nell'ampio soggiorno, in realtà una sala buona per qualsiasi occasione. Come capitava di frequente, Sonia notò l'improvviso silenzio che avvolgeva un gruppo di persone quando nella stanza entrava nonna Ada. Incuteva rispetto e timore, e questo se da un lato riempiva d'orgoglio Sonia, dall'altro la spaventava.

C'era una camera della casa di Lanzo in cui le era proibito entrare: si trovava a pianterreno, ed era lì che la nonna riceveva i cosiddetti clienti. Lussazioni, mal di testa o dolori di stomaco, fuoco di Sant'Antonio, orzaioli, verruche e morsicature di animali: le persone venivano da tutte le valli per essere visitate dalla guaritrice di Lanzo. Si diceva non esistesse acciacco, ferita o malattia che lei fosse incapace di curare.

Molti paesi della zona avevano una figura simile. Di solito si trattava di una persona anziana, di sesso femminile, che grazie a precisi movimenti delle dita, a una serie di formule sussurrate a mezza bocca, a frizioni o impacchi di erbe dalle proprietà medicamentose otteneva quelli che venivano considerati miracoli. Certo, c'era sempre qualcuno che insinuava si trattasse di una truffa o di semplice suggestione (come poteva un intruglio a base di chiodi di garofano contrastare il diabete?), ma il fatto che queste guaritrici in cambio non volessero soldi riusciva a tenere a bada i più scettici.

La nipote osservava con curiosità gli individui, quasi sempre in là negli anni, che timorosi si affacciavano sulla porta di casa chiedendo di nonna Ada. Non si presentavano mai a mani vuote: conigli, fagiani, tome, salami, conserve e uova erano doni che venivano lasciati in abbondanza sul tavolo del salottino, fuori dalla stanza in cui la guaritrice operava. Sonia veniva puntualmente spedita in cortile o in camera sua a giocare, e la nonna dava inizio allo spettacolo.

Inutile cercare di farla parlare, non raccontava mai quello che accadeva dietro quella porta chiusa a chiave; persino i clienti avevano una specie di consegna del silenzio. Neppure la madre di Sonia sembrava saperne granché: l'unica cosa assodata era che a un certo punto della sua vita nonna Ada aveva imparato "i segni", cioè i gesti rituali che compiva sul corpo dei malati. Con le erbe da lei stessa coltivate preparava certi infusi che forse faceva bere ai suoi clienti o forse applicava sulle parti interessate.

Quando, qualche inverno prima, Sonia aveva avuto una tosse catarrosa molto violenta, una sera la nonna era entrata in camera da letto dove la bambina stava cercando di riposare. L'aveva osservata per un po' mentre si contorceva sotto le coperte, il corpo scosso dai sussulti. Poi, come al solito senza dire una parola, aveva radunato le medicine disposte sul comodino – farmaci che sua figlia Sara aveva somministrato per giorni alla piccola senza ottenere risultati – e le aveva fatte sparire in una busta. Era ricomparsa con delle garze bollenti impregnate di una sostanza vischiosa, che emanavano un profumo dolciastro. Aveva ordinato a Sonia di togliersi la maglia del pigiama, e le aveva applicato sul petto alcuni strati di quelle garze.

La bambina aveva fatto un sobbalzo: il bruciore inaspettato era stato così intenso da toglierle il respiro. Aveva preso a battere i piedi contro il materasso, scalciando nel vuoto. Si era abituata lentamente a quel calore, ma – quando la nonna si era riavvicinata per sostituire le garze ormai tiepide con altre – per un istante Sonia aveva temuto che insieme alle garze le si potesse strappare di dosso anche la pelle.

Quella notte l'aveva trascorsa tranquilla, e la mattina dopo la tosse era sparita del tutto. Ma i *papìn*, impacchi di semi di lino e acqua bollente, erano un rimedio casalingo molto diffuso; nulla avevano a che fare con le pratiche di guaritrice che la donna svolgeva nel chiuso di una stanza.

Alcuni giù in paese sostenevano fosse addirittura una *masca*, capace tanto di fare del bene quanto di compiere dei malefici. La voce forse si era sparsa perché un paio di anni addietro la donna era stata fotografata ai funerali di Gustavo Rol. La notizia era circolata molto in fretta, come sempre accade in provincia, e qualcuno era arrivato a dire che in gioventù nonna Ada, prima di conoscere il marito, fosse stata legata al sensitivo torinese. Sussurravano che questa relazione avesse a che fare in maniera diretta con i suoi poteri: da lì a essere considerata una *masca* – una figura della tradizione popolare – il passo era stato breve.

La madre di Sonia non aveva mai dato peso a quelle illazioni. Aveva spiegato alla figlia che più la gente chiacchiera alle spalle degli altri, più di solito è incapace di scorgere al di là del proprio naso. Le persone ignoranti, aveva concluso, fanno così quando hanno paura di qualcuno. O quando non lo capiscono.

A Sonia questa spiegazione era bastata.

Cilia vide nonna e nipote farsi largo nel suo soggiorno, e andò loro incontro con passo sicuro. Per l'occasione aveva dismesso il fazzoletto che teneva sui capelli: sopra il minuscolo viso grinzoso sfoggiava compiaciuta un'acconciatura fresca di pettinatrice. Anche il vestito era quello della festa, non la solita blusa di tela nascosta da un grembiule scolorito con cui Sonia era solita vederla mentre rammendava i calzini del marito, o sciacquava i panni nel lavatoio di fronte a casa. Le piaceva molto la signora Cilia: lei e Sergio non avevano avuto figli, dunque non avevano nipoti. Nei pomeriggi estivi Sonia si attardava a giocare con

Baldo nel loro cortile, dove l'anziana donna le raccontava certe storie della Lanzo antica. Prima che tornasse a casa, Cilia le riempiva le tasche di *sukaj* e di rotelle di liquirizia facendole l'occhiolino: "Ma non dirlo a tua nonna, eh."

Davanti alla figura sottile e minacciosa di nonna Ada – si rese conto mentre Cilia prendeva le loro giacche per sistemarle sulla mantelliera – la padrona di casa sembrava ancora più piccola. Le fece accomodare, e portò a entrambe un piatto del servizio buono dove erano state disposte alcune fette di salame e una montagnola di insalata russa. Sonia non amava la maionese, ma sorrise comunque e ringraziò come le era stato insegnato.

Sistemata l'incombenza delle nuove arrivate, Cilia tornò a occuparsi degli altri ospiti, una ventina di persone che avevano ripreso a discutere ad alta voce. Fra i sessanta e i settant'anni, erano divisi per sesso: gli uomini al tavolaccio di legno al centro della stanza (più tardi avrebbero giocato ai tarocchi, il mazzo di carte era già pronto accanto al vassoietto d'acciaio dei tomini), le donne sui sofà e sulle sedie disposte intorno al *putagé*. Sergio, per non deludere nessuno, versava abbondanti dosi di vino rosso in bicchieri dal vetro spesso; anche se indossava il vestito della festa, non si era tolto il basco blu che Sonia gli vedeva sempre in testa e con cui sospettava andasse persino a dormire.

Tutti gli ospiti avevano i volti segnati dal lavoro nei campi, dalle poche ore di sonno, o forse solamente dal tempo. Nei paesi come Lanzo il trascorrere delle stagioni risponde a una regola tanto spietata quanto precisa: se sui luoghi e sugli oggetti gli anni sembrano essersi arrestati mezzo secolo prima, sui corpi si riversano senza pietà.

Sonia conosceva di vista quelle facce, eppure avrebbe faticato ad associarle a un nome. Stava pigramente sgranocchiando un *rubatà* – nonna Ada chiacchierava con una signora che teneva le stampelle in grembo accarezzandole come fossero un cagnolino – quando capì di non essere la sola ad annoiarsi. Al tavolo degli uomini, seduto in disparte, un ragazzino dal volto paffuto e i capelli a spazzola era rapito da un videogioco portatile. Teneva lo sguardo fisso sul piccolo quadrante, la punta della lingua stretta tra i denti, e quando picchiava con i pollici sui tasti si sentiva un suono elettronico che simulava l'esplosione di una pistola.

Non fece in tempo a chiedersi di chi fosse figlio o nipote, perché all'ennesimo colpo di pistola un uomo dai rigogliosi baffi grigi si girò verso di lui sbraitando: "Teo, piantala!" E con una manata chiuse con forza il coperchio a molla del videogioco, che sfuggendo dalla presa del proprietario rovinò sul pavimento.

Il ragazzino avvampò, e piagnucolando che era "quasi arrivato al quinto livello" raccolse da terra il suo giocattolo. La fortuna che quella mano callosa si fosse abbattuta sul videogioco anziché su di lui – forse perché il padre era impegnato a discutere di politica con gli amici – lo tenne lontano dalla tentazione di riprendere la partita. Quando si rese conto che Sonia lo stava fissando, distolse lo sguardo e arrossì ancora di più.

Lei posò su un tavolino il piatto dove l'insalata russa, intatta, cominciava a sciogliersi per via del caldo, e sorprendendosi da sola lo raggiunse.

Com'è che ti chiami già?, gli avrebbe chiesto se ci fosse stato un coetaneo nei paraggi. "Ma sei tu?" disse invece, osservandolo meglio. Anche da seduto era evidente quanto fosse cresciuto: le spalle si erano fatte più ampie, le cosce erano costrette in un paio di pantaloni di velluto verde a coste che avevano visto tempi migliori, la pancia sbucava da una felpa col cappuccio.

"Ciao," rispose di malavoglia Teo. Guardandolo così da vicino Sonia notò la fronte picchiettata da qualche brufolo, oltre a un orribile codino che gli si arricciava sul collo, simile – avrebbero detto le malelingue – alla coda dei suoi maiali. Ma la vera novità si stagliava sul labbro superiore del figlio dei Savant, dove erano comparsi dei baffetti sottili.

Da qualche tempo anche lei si era accorta di come il suo corpo stesse cambiando: una peluria biondiccia le ricopriva le braccia, gli zigomi le si erano affilati e sotto la canottiera stavano fiorendo i seni. Le forme morbide dell'infanzia svanivano rapidamente, e lasciavano intravedere la ragazza che sarebbe diventata.

Diede un'occhiata intorno: nonna Ada si stava intrattenendo con un'altra invitata che chiamava *madamìn*, sebbene di signorina non avesse più l'ombra da chissà quanto. Con un'audacia che non avrebbe saputo dire da dove arrivasse, Sonia prese una sedia libera e si mise di fianco a Teo.

Lui non sembrò per nulla contento dell'iniziativa. "Tra un po' arriva il dolce," disse passando il dito sulla custodia del videogioco. Teneva la voce bassa, sebbene gli adulti strillassero neanche fossero al mercato.

"Come mai non ti ho più visto in cascina?" domandò Sonia, più a se stessa che a Teo. Negli ultimi tempi non aveva più pensato una sola volta a lui. "Anche da scuola sei sparito," osservò. Era felice di quello scambio: da quando la scuola di Lanzo aveva chiuso, a parte qualche telefonata con Katia non le era più successo di parlare con qualcuno della sua età.

"Mi hanno mandato dai salesiani," disse Teo indicando col mento il padre. Si vergognava di frequentare un istituto privato, così cercò di sviare il discorso. "E poi faccio il *bocia* in officina da mio zio."

"Ma non ti stanchi mai di lavorare?" chiese Sonia, con tutta l'ingenuità possibile. Neppure aveva fatto caso che Teo parlasse in italiano, adesso.

Lui alzò le spalle.

Cilia intanto aveva preso a raccogliere i piatti sparsi in giro per il soggiorno, ricevendo complimenti per il prosciutto in gelatina che la riempivano di soddisfazione – era evidente quanto per lei fosse importante che quella giornata andasse per il meglio. I suoi ospiti continuavano a far lavorare le mandibole, rimpinzandosi senza sosta: che ciascuno tornasse a casa con lo stomaco pieno era il risultato migliore a cui potesse aspirare.

Dopo un silenzio impacciato, fu Teo a riprendere la parola: "Adesso abiti a Ciriè?"

"Non proprio," civettò Sonia senza spiegare altro. A quanto pareva le voci correvano.

Teo fece un ghigno, lasciando intravedere un baluginio argentato. Aveva un apparecchio per raddrizzare i denti: un'altra novità. "Io non ci sono mai stato, però mio zio Fortunato dice che a Ciriè tutti hanno almeno tre televisori in casa, e anche una PlayStation." Fece una pausa prima di proseguire. "E per strada ci sono solo macchinoni."

In effetti la cittadina di Ciriè, per chi abitava in quelle valli, era vista come una metropoli. Tutto sembrava più lucente: la gente era bella e vestita meglio, le case erano bianche come appena costruite (c'erano addirittura dei palazzi), l'atmosfera dava un senso di compiutezza difficile da spiegare. I giovani dei dintorni di Lanzo, non appena avevano la patente, ci trascorrevano il sabato sera: c'erano una birreria (che qualcuno chiamava "pub"), un locale dove si poteva ballare (definirlo "discoteca" pareva ridicolo a chiunque), un cinema, ben due pizzerie e pure un ristorante cinese. D'estate e d'inverno, in occasione delle fiere, la via centrale si riempiva di bancarelle colorate; le strade erano ampie, con portici ben curati e viali ombreggiati da tigli.

La principale attrazione di Lanzo, invece, era il bar della stazione dove, dietro una tenda con le striscioline di plastica, si apriva un gabbiotto in cui c'erano un flipper, il cassone nero di un videogioco, e in un angolo resisteva un jukebox. In primavera vicino al campo da bocce veniva allestita una balera: musicisti d'occasione suonavano svogliate mazurke per far ballare coppie di vecchi che sembravano spassarsela un mondo. Una volta era venuta persino una troupe di Telecupole, la rete televisiva locale, per filmare un concerto del gruppo I baroni del liscio.

Insomma, se eri bambino negli anni novanta e abitavi lì dovevi per forza aspettare i fuochi artificiali di settembre (per la festa della Madonna di Loreto), il rally che ogni estate attraversava le Valli di Lanzo (considerato un divertimento pericoloso per i più piccoli, anche se Teo era un appassionato), o le scarne giostre che nei giorni del santo patrono occupavano piazza Rolle, accanto ai venditori ambulanti di torrone e zucchero filato.

Sonia non sapeva se fosse vera quella cosa di televisori, PlayStation e macchine di grossa cilindrata. Nell'appartamento di Ciriè avevano a malapena un videoregistratore, e parcheggiata sotto casa stazionava un'unica automobile, la Punto con cui la madre andava in ufficio; c'era però da dire che si erano trasferiti da troppo poco.

Anziché rispondere si limitò a osservare Teo, che – si accorgeva in quel momento – non emanava più il solito odore di letame ma un altro diverso, meno fastidioso sebbene altrettanto aggressivo, che Sonia faticava a decifrare.

Fu allora che decise di domandargli quello a cui pensava da settimane. Ciò di cui gli adulti si rifiutavano di parlare. "Senti," disse. "Ma tu per caso sai cos'ha fatto *davvero* la professoressa Cardone a quella classe?"

Nei giorni dopo l'incidente nonna Ada quando veniva trasmesso il telegiornale – che lei si ostinava a chiamare "radiogiornale" – le aveva proibito di guardare la televisione. In casa della nonna, poi, i quotidiani non transitavano, al massimo qualche numero di *Confidenze* e *Intimità*. Persino i suoi genitori si erano dimostrati evasivi quando Sonia aveva insistito per ottenere una ricostruzione dei fatti.

Teo la guardò dritto negli occhi, più incredulo che spaventato. Come poteva pensare di parlarne lì, davanti a tutti? Era forse ammattita?

Nessuno però, a quanto sembrava, le aveva badato.

"Sì," ammise con voce incerta dopo aver gettato uno sguardo al padre. "Sì," ribadì. Anche i suoi baffetti da topo erano percorsi da un leggero tremito.

E attaccò a raccontare.

La mattina in cui sarebbe accaduto l'incidente la professoressa Andreina Cardone aveva parcheggiato – come sempre – la sua Panda verde bottiglia nella piazza del comune. Aveva percorso i pochi metri che la separavano dalla scuola calcando bene i tacchi sui sampietrini: quando quegli stessi tacchi rimbombavano ritmicamente lungo i corridoi dell'Istituto comprensivo statale Luigi Perona di Lanzo avevano il potere di creare il vuoto intorno. "La strega", la chiamavano con scarsa originalità.

Quel giorno, sotto un pellicciotto spelacchiato, la professoressa indossava un tailleur con giacca beige che era stato forse elegante molto prima che nascessero i suoi studenti. Il corpo flaccido e pesante, un *puciu* di capelli grigi al centro del cranio, raggiungeva il suo posto di lavoro con l'indole di chi sta andando a riscuotere ciò che le spetta.

Erano di sua competenza le prime due ore di italiano della seconda media, sezione B; la settimana prima la professoressa aveva avvisato gli studenti: lunedì ci sarebbe stato il compito in classe scritto. Il tema, insomma.

A quel punto Sonia interruppe Teo: si ricordava che alle elementari era stata la più brava nelle gare di dettato? Sì, Teo si ricordava. Ebbene, gli spiegò Sonia: fu per lei una breve gloria, perché approdata alle medie la professoressa Cardone – temuta da intere generazioni di studenti lanzesi – aveva preso a concederle un 6 risicato nei compiti in classe (le gare di dettato erano un lontano ricordo) e non andava mai oltre il 7 nelle interrogazioni.

Teo acquisì l'informazione con cortesia, e la pregò di lasciarlo raccontare.

Quando la professoressa Cardone era entrata in aula, alle 8.30 spaccate, aveva trovato ad attenderla una spiacevole sorpresa. Proprio per aver annunciato il compito scritto, quel lunedì la classe era decimata: chi aveva accusato improvvisi mal di pancia e febbre, chi si era rifugiato al bar della stazione raccogliendosi intorno ai videogiochi, chi aveva deciso di trascorrere la mattinata fumando le prime sigarette per le *chintane* di Lanzo.

Sonia si vide costretta a intervenire ancora una volta: si ricordava Teo della sua amica Katia Russo, quella con gli occhialoni? Sì, se ne ricordava. Ebbene, gli spiegò Sonia, anche Katia, il cui rendimento scolastico non era mai stato eccelso, quel giorno era rimasta a casa per via del compito in classe. Aveva ottenuto chissà come dalla madre di non essere mandata a scuola; ecco il motivo per cui Sonia – forse l'unica, quel lunedì, a risultare assente giustificata per via della febbre – non era riuscita a recuperare informazioni di prima mano sull'accaduto. Del resto lei frequentava l'altra sezione.

Nuovamente Teo acquisì con cortesia gli inutili dettagli forniti da Sonia, e con maggiore fermezza la pregò di lasciargli proseguire il racconto. Ora iniziava infatti la parte terribile, "quella che fa più *sgiai*".

La professoressa Andreina Cardone era di pessimo umore: da sempre lavorava con senso del dovere in quella scuola, e non era mai accaduto che una classe di *gagni* si prendesse gioco di lei a quel modo. Nessuno sapeva con certezza che età avesse, tutti i lanzesi la ricordavano già vecchia e prossima alla pensione, ma quella continuava imperterrita a insegnare. Dal canto suo, la Cardone constatava come un anno dopo l'altro gli alunni si comportassero sempre peggio: studiavano di meno, erano più insolenti e sembravano insensibili a qualsiasi cosa. Da maniaca del controllo qual era non poteva accettare un simile affronto. Gli assenti – aveva pensato quando si era resa conto dell'ammutinamento – si sarebbero beccati una nota sul registro. E per meglio tollerare la fatica aveva deciso di autoassegnarsi un premio: non appena fosse suonata la campanella che decretava la fine delle lezioni, sarebbe salita sulla sua Panda diretta a Germagnano, avrebbe raggiunto la pasticceria dei fratelli Borgaro e si sarebbe regalata un'enorme torta alla crema chantilly.

Come era solita fare quando c'era un compito scritto, la strega aveva chiuso a chiave la porta della classe: un'abitudine ingiustificata che il preside Copperi le aveva più volte rimproverato, aggiungendo che se qualcuno l'avesse scoperto tutti loro sarebbero finiti nei guai. Ma lei, forte dell'anzianità e del carattere fumantino, si ostinava a fare di testa sua. Prima di assegnare le tracce del tema domandava se qualcuno dovesse usare il bagno, e una volta lanciato questo avviso – ricordando che per le ore seguenti non sarebbe stato possibile usufruirne – dava tre mandate e s'infilava la chiave nel taschino della giacca. Poi si sedeva alla cattedra stringendo a fessura gli occhi, di un colore simile al cielo quando sta per scatenarsi un temporale, e li teneva puntati verso l'aula affinché regnasse il totale silenzio.

La Cardone quel giorno aveva chiuso la porta con maggiore gusto rispetto al solito: i temerari che si erano presentati per il compito in classe non dovevano certo avere diritto a un trattamento privilegiato. La scuola pubblica – l'anziana professoressa ne era convinta – è il primo luogo in cui gli esseri umani imparano quanto sia duro stare al mondo.

I termosifoni erano orientati sul massimo; la donna, sbuffando, si era levata la giacca e l'aveva poggiata sulla sedia. Con malagrazia si era seduta alla cattedra rimanendo in camicetta: bianca, immacolata, leggermente più larga del necessario nel tentativo vano di camuffare la pinguedine.

Era da poco iniziato il compito – gli studenti avevano abbozzato in brutta le prime righe del tema – quando all'improvviso la Cardone si era alzata sui tacchi, avvicinandosi ai banchi. L'aveva fatto quasi si fosse ricordata di qualcosa di importante, o come se qualcuno l'avesse punta con uno spillo sulle grosse natiche.

Gli alunni non ci avevano badato; erano troppo impegnati a scervellarsi per esprimere sulla carta dei concetti sensati, viste le difficili tracce assegnate. Ma la professoressa Cardone ormai aveva iniziato la catena di eventi che avrebbe per sempre sconvolto Lanzo: dopo essersi arrotolata una manica fin sopra il gomito, aveva avvicinato alle labbra avvizzite il braccio destro. Era rimasta immobile per un po', annusando il retrogusto di talco con cui si tamponava le ascelle. Poi, spalancata appena la bocca (le labbra rugose piegate a fisarmonica), aveva azzannato un consistente lembo di carne pendula. Con un repentino scatto all'indietro della testa, la professoressa era riuscita a strapparsi di netto un pezzo di braccio, che ora teneva confitto tra i denti. Sembrava un gatto che ha appena catturato un topo e mostra fiero al padrone il risultato della sua caccia.

Sempre in perfetto silenzio, aveva preso a masticare il boccone sanguinante fino a quando – senza inghiottirlo – era tornata all'attacco con gli incisivi nel punto già offeso, privandosi di un altro brandello di carne.

Solo allora il timido Luca Gianotti, seduto al banco proprio di fronte alla cattedra, aveva notato un paio di goccioline rosse allargarsi sui fogli protocolli destinati alla bella copia. Quando aveva alzato lo sguardo, la professoressa stava affondando la faccia in quello che le rimaneva del braccio. L'osso biancheggiava nella ferita.

Luca Gianotti era stato il primo a urlare, un "iiiiiiiiii" prolungato e acuto come un sistema di allarme impostato su una sola tonalità.

Una decina di testoline erano scattate contemporaneamente, e nel campo visivo di tutti era comparso qualcosa di inconciliabile con la realtà di ogni giorno: la professoressa Cardone – la camicetta ormai inzuppata di sangue – si era arrotolata anche la manica sinistra e si stava avventando famelica sull'altro braccio. Il mento, il naso e la fronte erano interamente ricoperti di sangue; si poteva indovinare soltanto lo sguardo. Il *puciu* di solito inappuntabile si era sciolto, dei ciuffi grigi penzolavano ai lati del viso. Le guance colanti di rosso erano oscenamente gonfie nel tentativo impossibile di deglutire.

Un alunno era schizzato in piedi per correre verso la porta, e trovandola chiusa aveva cominciato a battere i pugni sul legno dipinto di azzurro. Alcuni erano rimasti inchiodati al proprio banco, altri ancora avevano preso a strillare tutta la disperazione che i loro polmoni erano capaci di esprimere.

Stefania Francesetti invece si era alzata e aveva vomitato la colazione sopra lo zaino Invicta della sua compagna di banco: un fiotto acido, inevitabile.

Fuori dalle finestre dell'aula il sole freddo continuava a spargere incurante i suoi raggi; i giardinetti erano deserti, gli stessi dove nelle giornate primaverili, durante l'intervallo, si riversavano i bambini. E deserti erano i cortili, le strade, i sentieri: sembrava fossero spariti tutti gli abitanti di Lanzo. Ovunque regnava la pace.

"La pace è il nome di Dio," ha detto il cardinal Martini nel corso del convegno organizzato dalla Comunità di Sant'Egidio lo scorso ottobre. Quali sono i tuoi pensieri sulle guerre che imperversano nel mondo e quali le tue proposte per ristabilire la pace? Sarà mai possibile per gli esseri umani evitare la violenza?

Questo recitava la prima traccia del tema assegnato dalla professoressa Cardone. Chiunque avesse assistito a quello che tutti avrebbero in seguito rubricato come "l'incidente", di certo avrebbe formulato un concetto di violenza molto, molto particolare. Ma non era ancora l'epoca degli impianti di telesorveglianza, né quella dei cellulari con videocamera. Oltre agli alunni di seconda media della sezione B dell'Istituto statale comprensivo Luigi Perona di Lanzo non ci furono altri testimoni: soltanto i loro occhi registrarono – senza scampo – tutto quello che c'era da vedere. Il caos stava accadendo qui e ora, nel chiuso di quelle mura. Irriproducibile se non a parole.

Dopo aver masticato bocconi di carne cruda finché riusciva, e dopo aver sputato sul linoleum resti intrisi di sangue, la professoressa Cardone aveva sollevato la camicetta all'altezza della vita. Con una mano si era pizzicata una porzione di grasso intorno all'ombelico, valutandola. Grazie a un taglierino – pescato da un astuccio in prima fila – aveva inciso con perizia la sua stessa pancia per ricavarne altri straccetti da portare alla bocca; braccia e mani non sembravano indebolite dalle mutilazioni: la forza con cui la donna perpetrava su di sé il massacro era inesauribile.

Nel giro di pochi minuti, attratta dalle urla, la bidella Vigna Mariuccia – cugina alla lontana di Teo – era accorsa verso la seconda B. Davanti alla porta si erano ammassati già alcuni insegnanti che, lasciate le rispettive aule, stavano cercando di forzare la serratura.

Le urla erano così disperate che il professore di matematica era entrato in presidenza senza bussare: lì c'era un telefono con cui poter avvertire la vicina caserma dei carabinieri. A quel punto anche il preside Copperi, allarmato, aveva raggiunto la seconda B. La porta però non sembrava intenzionata a cedere.

Dopo qualche tentativo andato a vuoto la professoressa di religione era stata colta da un'intuizione, così facile che tutti gli altri si erano sorpresi di non averla avuta loro: un drappello era uscito dall'istituto e – calpestando l'orto dove durante l'ora di scienze gli studenti imparavano a coltivare le piante di patate – aveva raggiunto le finestre che davano sull'aula.

Lo spettacolo che si era parato davanti a loro era atroce: come se un vandalo, per fare uno scherzo volgare, avesse sottratto da una macelleria un grosso pezzo di carne insanguinata per poi posarlo dietro la cattedra. La professoressa Cardone si era infatti dovuta sistemare sulla sua sedia per poter incidere con il taglierino il polpaccio destro, grosso e succulento. Al centro della pancia, un buco sconcio da cui fuoriusciva una materia biancastra. La faccia era ormai irriconoscibile tranne che per quegli occhi color tempesta, ovunque per terra giacevano viscere costellate di chiazze rosso scuro. Il sangue aveva risparmiato il crocifisso appeso al muro, ma non la foto del presidente della Repubblica: il volto austero di Oscar Luigi Scalfaro era sfregiato da una striscia scarlatta.

Tutti gli alunni, illesi ma ormai in stato di shock, erano raggruppati contro la porta chiusa a chiave. Chi piangeva, chi, pallido o rigato di sangue non suo, se ne stava in piedi con le spalle al muro, chi semplicemente continuava a urlare e urlare e urlare.

Usando come arma le gambe d'acciaio di una sedia, qualcuno – dopo aver rotto una delle finestre – aveva fatto un'inutile irruzione nell'aula. La professoressa non se n'era nemmeno accorta, troppo impegnata nel suo intervento di vivisezione.

Le scarpe coi tacchi se ne stavano abbandonate in un angolo. Nell'aria c'era puzza di ferro e urina.

Teo proseguì ancora per qualche minuto, raccontando a Sonia tutto ciò che sapeva di quel giorno maledetto.

Non usò proprio queste esatte parole, anche perché molte cose – comprese quelle che stazionavano in forma ondivaga di pensiero nella testa della professoressa Cardone – non avrebbe potuto saperle. Esitò più volte e omise alcuni particolari, a cui Sonia cercò di sopperire con l'immaginazione. Altri dettagli forse Teo se li inventò, ma la maggior parte corrispondevano a quello che aveva sentito bisbigliare dagli adulti e che, indagando qua e là, era riuscito a raccogliere: "Mia cugina ha detto che per lavare via tutto quel sangue è servita un bel po' di *conegrina*."

La professoressa Cardone, scortata dai carabinieri, era stata portata in ambulanza all'ospedale di Germagnano, dove le sue condizioni erano state definite fin da subito critiche dai medici. Ma era viva, e in osservazione. Non aveva parenti: era saltato fuori solo il numero di telefono di una sorella in Liguria, al quale però non rispondeva nessuno. Quando si sarebbe ripresa – *se* si fosse ripresa – l'avrebbero interrogata per capire le cause di quel folle gesto.

Il sindaco Casassa, cavalcando la scusa del maltempo annunciato, aveva anticipato la chiusura invernale della scuola.

"Ecco qua," concluse febbrile Teo. Questo era il motivo per cui tutti gli studenti dell'Istituto Luigi Perona si erano ritrovati in vacanza prima del previsto.

Sonia era pallida. Durante il racconto non aveva smesso di dondolare le gambe, facendo urtare fra loro le ginocchia. Voleva chiedere come stavano adesso i suoi compagni, ma le sembrava di non avere più voce. Sul viso, la mascella contratta dalla tensione, sostava una smorfia. Se fosse di disgusto o – più probabilmente – di eccitazione per quella storia di paura, era difficile da stabilire.

Due piattini zeppi di semolino fritto e *fricieuj* di mele si stavano raffreddando sulla mensola accanto: Cilia li aveva distribuiti chissà quanto prima, ma entrambi i ragazzini erano troppo rapiti dal racconto per badare al dolce. Tutt'intorno si allargava il profumo pungente – che tanto contrariava Sonia, costringendola a respirare adagio – della noce moscata: qualcuno fra gli ospiti si scaldava l'animo con bicchieri fumanti colmi di vin brûlé.

Stava finalmente per aprire bocca quando una presenza incombente comparve dietro di lei. Era nonna Ada. Con tono bassissimo la informò che dovevano tornare a casa. Al suo fianco un'altra donna, ritta in piedi nonostante le ossa deformate dall'artrosi: una probabile cliente che voleva essere trattata dalle mani miracolose della guaritrice di Lanzo.

Per un lasso di tempo che non avrebbe saputo misurare, Sonia fissò Teo. Il modo in cui lui ricambiò lo sguardo aveva qualcosa di rassicurante, emanava un luccichio che lei mai avrebbe sospettato potesse celarsi in quel contadino cresciuto troppo in fretta.

Posso fidarmi di lui, pensò Sonia.

"Posso mangiare anche il tuo dolce?" disse Teo, tornando all'improvviso il bambino che era. Con la punta del naso indicava i *fricieuj* cosparsi di zucchero ormai rappreso, pregustandoli con gli occhi.

A quel punto la nonna costrinse la nipote ad alzarsi dalla sedia: reggeva sul braccio le giacche che avrebbero indossato di lì a poco. Evidentemente per lei la *merenda sinoira* era durata anche troppo.

"Ma quello cos'è?" fece ancora in tempo a chiedere Teo prima che Sonia sparisse dalla sua vista. Un ciuffo bianco, sfuggito nonostante le mollette con cui si sistemava i lunghi capelli biondastri, era comparso sopra l'orecchio sinistro.

"Niente," disse Sonia provando a nascondere l'evidenza con un gesto rapido. "Non è niente."

Poi nonna Ada la trascinò via.

(PRIMO INTERLUDIO)

Sonia, nipote speciale.

La salute non mi è amica, però mi sono accorta che scriverti è il più portentoso dei farmaci. Ecco perché voglio continuare a farlo finché ho le forze. È un po' come parlarti, anzi, è meglio… Quando ti mando i miei dispacci nessuno ci può interrompere, e poi so che in futuro potrai tornare ogni volta che vorrai su queste mie parole. E ritrovarle intatte.

Purtroppo non posso godere della tua voce gioiosa, non posso vedere la luce che sprigionano i tuoi occhi. Ma riesco comunque a immaginare tutto. Anche se in questa stanza ora non ci sei, in realtà sei qui accanto a me… È il più grande conforto, quello che nessuno potrà mai portarmi via. Quando sentirai la mia mancanza, se qualche immagine di me dovesse esserti rimasta addosso, prova anche tu a fare in questa maniera. E saremo insieme per sempre.

Ormai i giorni che ho davanti sono così pochi, e quelli che mi sono scivolati alle spalle così tanti. Il tempo lascia riaffiorare ricordi che non vorrei tornassero a galla. Altre cose che invece mi piacerebbe rivedere, come il sorriso furbo di tuo nonno, fanno i capricci, si negano. Ieri ho cercato di ricordare l'emozione precisa di quando è nata tua mamma: era così piccola, eppure già piena di nei! Proprio come me. La mia memoria, però, combina talmente tanti dispetti che certe volte ho l'impressione che qualcun altro abbia vissuto la mia vita. E io la mia l'abbia solo sognata.

Il paese di Lanzo, per esempio, con le disgrazie di quell'inverno che ci siamo già raccontate tante volte. All'inizio a Borgo Loreto si parlava di un incidente, gli si dava poco peso. Poi c'è stato un poliziotto, o forse era un carabiniere... lì le cose hanno cominciato a farsi serie, eppure nessuno ha mosso un dito. Nemmeno più tardi, quando ormai non si poteva più tornare indietro.

Ecco, ancora oggi mi sembra impossibile e triste che la gente di fuori abbia fatto finta di niente. Certo, nel tempo avremmo conosciuto molte emergenze peggiori di quella. Ci sarebbero state altre sciagure che avrebbero spinto a guardare con sospetto ogni vicino di casa, ogni individuo. Situazioni che ci avrebbero reso tutti molto più fragili e soli. Però il silenzio su ciò che è successo quell'anno a Lanzo, un paese di provincia stretto in mezzo ai ghiacci, è sceso troppo in fretta. Eravamo tutti spaventati quando, oltre alla neve, un vento misterioso ci obbligò a stare chiusi in casa... come si chiamava, quel vento? Qualcuno diceva che era stato proprio il vento straniero a diffondere l'infezione, tirando in ballo addirittura catastrofi come Černobyl'. Ma a te questo nome non dirà nulla.

Chi è venuto dopo di noi, comunque, ha scelto di non pensarci più. Gli abitanti di Lanzo, che hanno sempre vissuto nel passato, da un certo punto in poi hanno preferito dimenticare. Un po' come se quel Natale fosse stato una specie di fiaba malvagia. Una brutta leggenda da archiviare il prima possibile e andare avanti, ciascuno per la propria strada.

Non so chi abita oggi in quei posti, che lavoro fa chi vive lì, o come sono adesso le giornate all'ombra di monte Basso. Se non mi danno qualcosa per dormire il sonno tarda ad arrivare, e stesa nel letto mi capita di domandarmi se quelle valli così inospitali sono ancora al loro posto. I cambiamenti di questi ultimi anni hanno stravolto tutto, quando io avevo la tua età il mondo era differente... Ma le montagne esisteranno ancora, no? Sai, qui le notizie arrivano a malapena. Le infermiere mi trattano con grande cortesia, temono che una frase sbagliata possa agitarmi. E preferiscono tacere.

Io invece no. Io non posso, nipote mia! Se chiudo gli occhi rivedo ogni cosa: le camere da letto piene di spifferi, le scale a sbalzo che un anno dopo l'altro le mie gambe incerte faticavano ad affrontare, il cancelletto verde che si affacciava su via Loreto, e lo stretto passaggio fra le siepi che dava sul mulino. Risento le galline chiocciare allegre e il Motorella scoppiettare nel cortile. In bocca ho il sapore delle more. Mi basta alzare la testa ed ecco che i fiocchi di neve si posano sui miei occhi... o forse sono lacrime.

Nulla è però paragonabile alla forza con cui si fa strada la paura. In mezzo a tutti questi ricordi ballerini c'è qualcosa che non mi devo mai sforzare di riacciuffare, perché abita in me da allora, e mi fa visita sempre, sempre. Hai già capito cosa intendo. Credimi, Sonia, a lungo mi sono chiesta se ero davvero responsabile, senza trovare una risposta. E sono sicura che qualcuno fra i testimoni, quando ti daranno la loro versione della storia, ti dirà che io c'entro qualcosa. Starà a te decidere a chi dare retta. Ci sarà chi avrà racconti spiacevoli su di me, e chi invece ti potrà consolare: ascoltali tutti, perché devi sapere da dove vieni.

Sai, ci sono episodi che qui non posso riportare. So che controllano la posta dei pazienti, e quando c'è qualcosa di troppo angosciante lo censurano. Anzi, forse quello che ho scritto poco su in questo dispaccio (scritto o detto? sono vecchia, mi confondo sempre fra le due cose) verrà cancellato... pazienza. Mi conforta l'idea di aver affidato alla persona giusta, cioè a te, le mie parole.

È arrivata l'ora del mio trattamento, quindi meglio se per oggi mi fermo un po'. Ma ti scriverò ancora, te lo prometto!

Ti abbraccio forte. Tua

Nonna

UN MESE DOPO

*Riti della buonanotte – La stella cometa – Delitto nella stanza
chiusa – Il paradiso dei golosi – Quaderno rosso*

Eppure ci aveva provato. Quando Teo le aveva raccontato ciò
che era successo nella classe della professoressa Cardone, quella
stessa notte Sonia ci aveva provato.

Era distesa a letto, nel buio della sua camera, e non riusciva a
chiudere occhio. Sulla consolle di fronte erano schierate alcune
foto di nonno Delio, un uomo barbuto dalle sopracciglia folte
che lei ricordava a stento. Accanto ai portafotografie di otto-
ne ossidato spiccavano dei piccoli trofei: un paio di gagliardetti
della squadra del Toro di cui era stato un grande tifoso, delle
coppe vinte alle gare di pesca. Per trent'anni ogni settimana,
"con la pioggia o con il sole", andava giù in paese per pescare
nel Tesso: un torrente rinsecchito – lo stesso che muoveva la
ruota del mulino lì accanto – dove qualche trota nuotava pigra
fra i sassi levigati dall'acqua.

"Che festa quando tuo nonno tornava con delle fario!"
raccontava la mamma. Le trote fario erano le più pregiate e
dunque le più ricercate dai pescatori della zona: le si poteva
distinguere dai puntini rossastri che ne ornavano i fianchi. La
canna da pesca ora riposava in una rastrelliera nell'angolo della stanza da letto. Era stata preparata da nonno Delio il giorno

prima che un infarto se lo portasse via, e da allora nessuno l'aveva più spostata. Ma Sonia all'epoca era davvero piccola per ricordarsene.

Non appena rimaneva sola nella penombra della camera cercava di non fissare quelle foto, perché era convinta la giudicassero. Preferiva scrutare le luci delle auto che sfrecciando lungo la strada proiettavano un rapido bagliore sul lampadario: un esagono di vetro che alla minima vibrazione oscillava, appeso al centro del soffitto.

Dopo la *merenda sinoira* a casa di Cilia, però, immagini orribili di qualcosa che neppure aveva visto affollavano la sua mente. Forse erano così orribili proprio perché *non* le aveva viste, ed era costretta a figurarsele. I ritratti del nonno, al confronto, non avevano più nulla di minaccioso. C'era un vecchietto con la barba che la guardava dalla consolle; un vecchietto che se ne stava al cimitero, e mai sarebbe venuto a disturbarla.

Come l'insonne quando si arrende all'idea di trascorrere la notte in bianco e a malincuore dice addio al riposo, così Sonia aveva deciso di rinunciare al sonno. Facendo leva con gli indici si era sganciata la placca ortodontica dalla gengiva superiore – producendo uno schiocco – e l'aveva riposta nella scatoletta fucsia. Era stato il dottor Bruna, il dentista, a insegnarglielo quando era andata insieme alla mamma a farsi visitare nel suo studio.

La madre si era resa conto che Sonia digrignava i denti nel sonno, producendo uno stridio simile a un graffio di unghie sulla lavagna. Giacomo e Sara potevano sentirlo dalla loro camera da letto, i primi tempi senza capirne l'origine. Ogni risveglio di Sonia era segnato da un indolenzimento alla mascella e da deboli emicranie che la affaticavano.

"Si tratta di bruxismo," aveva sentenziato il dentista.

Per via dei prezzi bassi e del marcatissimo accento piemontese risultava simpatico a tutti, lì a Lanzo, nonostante fosse così giovane. Aveva ereditato l'attività dal padre, insieme ai suoi pazienti.

"Non è nulla di grave," aveva proseguito il dottor Bruna con autorevolezza, "parecchi ragazzini soffrono di bruxismo, e anche molti adulti." Sebbene di lui diffidasse, perché lo associava a episodi spiacevoli, per Sonia quella notizia era stata un po' una delusione. Un termine così esotico l'aveva spinta a credere di possedere qualcosa di unico, che l'avrebbe resa diversa dai suoi coetanei.

Per evitare che i denti le si rovinassero il dentista aveva preparato un calco, e su di esso aveva modellato una placca di resina che Sonia doveva applicare prima di andare a dormire. All'inizio non era stato facile: quel pezzo di gomma dura in bocca le dava la nausea, una sensazione di soffocamento continuo. E poi c'era un pensiero irrazionale: se i suoi denti fossero cresciuti tanto quanto lei, se le fossero caduti gli ultimi denti da latte e gliene fossero spuntati altri – magari grandi come quelli che scorgeva nella bocca del padre, a cui tutti dicevano somigliasse –, come avrebbero potuto starci, stretti lì dentro? Ecco, Sonia non voleva diventare una donna con il corpo adulto e i denti di una bambina, di questo era certa.

Un po' alla volta si era abituata alla placca, trasformando quell'obbligo in un piacevole rito della buonanotte: la sciacquava accuratamente, la puliva con uno spazzolino, e dopo averla asciugata la indossava insieme al pigiama. La mascella non era più indolenzita al risveglio, le emicranie erano svanite. Ma soprattutto i suoi denti erano salvi.

Ripensando al racconto di Teo, Sonia aveva tirato su fino al gomito la manica destra del pigiama. Per un po' era rimasta distesa nel letto a fissarsi il braccio: nella debole luce della luna intravedeva appena la peluria sottile e i minuscoli nei che aveva dappertutto.

"Se unisco i pallini che disegno verrà fuori?" le diceva divertito il papà quando erano al mare, molte estati prima. Sonia girava ancora in spiaggia con il solo costume di sotto; mamma e papà non litigavano così spesso. All'epoca Giacomo Ala poteva ancora contare sul posto fisso, una garanzia che pareva inattaccabile e trasmetteva sicurezza. Era un tempo bello, lontano: anche se ne aveva accumulato così poco, Sonia sentiva già nostalgia per il suo passato.

Quella notte di fine novembre aveva deciso di mordersi – di *tentare*, almeno – per capire cosa dovesse aver provato la professoressa Cardone mentre i canini le affondavano nella carne. Sonia si era fatta coraggio e aveva azzannato un'abbondante porzione del suo braccio destro. All'inizio non le sembrava facesse troppo male, soprattutto perché sotto i denti percepiva la consistenza inscalfibile dell'osso. Ma così, si era resa conto, nessun essere umano si sarebbe mai potuto mangiare da solo. Allora aveva fatto slittare la mandibola all'indietro – la saliva scorreva copiosa – e, riducendo il lembo di pelle circoscritto dai denti, il dolore si era improvvisamente acuito. Soltanto nell'attimo in cui dietro gli occhi chiusi erano comparsi dei lampi verdi e gialli aveva mollato la presa: una scossa simile l'aveva sentita quando per errore le era capitato di mordersi l'interno di una guancia. Con l'altra mano si era massaggiata la zona del braccio che andava già arrossandosi, dove la mattina dopo avrebbe trovato il segno di una mezzaluna.

Anche sua mamma aveva tanti nei: una costellazione di macchioline che ricamavano la pelle delicata, soprattutto sulla schiena. Se Sonia fosse diventata a sua volta madre, si disse senza un motivo, forse pure sua figlia avrebbe ereditato quei pallini sparpagliati su tutto il corpo. Chissà. Si era risistemata supina nel sacco, e come una piccola mummia aveva stretto le gambe e incrociato le braccia sul petto per cingersi le spalle.

C'era una cosa che da qualche tempo aveva scoperto l'aiutava a sprofondare nel sonno, anche se sospettava fosse sbagliata perché – ogni volta che cedeva – un senso di colpa appiccicoso la tormentava. Quando stringeva le gambe sotto le coperte, se anziché fare la mummia muoveva in un certo modo il bacino strofinandosi contro le lenzuola, ecco: a un certo punto sentiva un'ondata bollente che dal pube s'irradiava con violenza a tutto il corpo. Era una pratica che la faceva vergognare, nemmeno con Katia si era mai confidata – eppure non riusciva più a fare a meno di quel piacere.

Di tanto in tanto compariva il riflesso dei fari di un'auto che passava rombando: il lampadario si illuminava fugacemente e Sonia si fermava come fosse stata scoperta in un gioco proibito, finché la camera ripiombava nell'oscurità.

Quella volta, dopo che l'onda di calore l'aveva attraversata dandole quel preciso sollievo, ci aveva messo poco ad addormentarsi. Il sogno delle parole però non era arrivato.

Fuori da quella casa, ad appena quindici chilometri da Lanzo ma innumerevoli tornanti più in su, lungo la via che tagliava le montagne si trovava il comune di Ceres. Per raggiungerlo bisognava percorrere una stradina a strapiombo, mentre l'aria si rarefaceva e le cime perennemente innevate non lasciavano mai lo sguardo di chiunque alzasse la testa. L'ultimo paese delle Valli di Lanzo – dopo il quale si era costretti ad abbandonare l'auto e si poteva procedere solo per i sentieri che conducevano ai rifugi alpini – era proprio Ceres. Un minuscolo centro abitato con qualche baita disposta alla rinfusa, uno spaccio e un cimitero.

Quasi come per errore, in quel luogo dimenticato sorgeva anche il capolinea della cosiddetta Ciriè-Lanzo, l'antica ferrovia che connetteva Torino con le valli. Ed era proprio lì, presso la trascurabile stazione di Ceres, che Giacomo Ala era riuscito a trovare un lavoro. C'era bisogno di manodopera per tenere pulita ed efficiente la linea durante il periodo invernale, in modo da garantire il transito del piccolo treno che due volte al giorno partiva dal capoluogo piemontese e si spingeva fin lassù. Sua moglie aveva alcuni giorni di vacanze arretrate da estinguere, e aveva chiesto al superiore se quell'anno il Natale per lei poteva cominciare un po' prima. La motivazione ufficiale era quella di dare una mano al marito in vista del nuovo impiego, ma in cuor suo Sara si augurava di riuscire a tenerlo sott'occhio affinché non mandasse all'aria quell'opportunità. Da quando il lavoro di Giacomo alla cartiera – che avevano creduto eterno – era sfumato all'improvviso, ogni occasione che capitava era fonte di speranza. E ogni fallimento era motivo di litigio.

I genitori di Sonia si sarebbero momentaneamente trasferiti a Ceres, occupando la casetta del casellante (due stanze anguste, arredate in modo da sfruttare al massimo lo spazio) che se n'era appena andato in pensione – e magari, se le cose si fossero messe bene, il padre sarebbe stato chiamato in futuro a ricoprire lo stesso incarico.

Era stata nonna Ada, grazie a un paio di chiacchiere con certe sue conoscenze, a scovare il compito che avrebbe tenuto occupato per tutto l'inverno il genero, il quale – si sperava – avrebbe finalmente portato a casa qualche soldo.

"Almeno starà lontano dal bar," aveva commentato Ada trascrivendo il numero del capostazione su un foglietto, passandolo alla figlia.

Sara aveva abbassato gli occhi, ringraziandola sottovoce.

Sonia non aveva mai trascorso le vacanze invernali dai nonni. E da giorni insisteva perché a Natale nonna Ada prendesse il treno insieme a lei: aveva consultato l'orario che la madre le aveva stampato su un foglio A4 ("Così, scimmietta mia, saprai sempre a che ora il treno arriva da noi"), scoprendo che il convoglio partiva alle 11.30 dalla stazione di Lanzo. Avrebbero raggiunto Ceres in tempo per pranzare e festeggiare tutti insieme attorno allo stesso tavolo, ripeteva Sonia con gli occhi pieni di fiducia. La nonna avrebbe preferito starsene a casa sua, e per un po' aveva rimandato la decisione, ma alla fine si era arresa e aveva accettato.

Il comune di Lanzo aveva addobbato il paese con delle luminarie: sempre le stesse ogni anno, e sempre più malconce o con qualche lampadina fulminata. Un pomeriggio un operaio si era presentato alla loro porta (il camioncino col cestello elevatore parcheggiato lungo la strada) e aveva chiesto a nonna Ada se poteva legare al balcone più alto della casa una striscia di luci intermittenti. E così ora, a vegliare sul civico 143 di via Loreto, c'era un addobbo luminoso a forma di stella cometa che alle diciotto in punto si accendeva. Prima di addormentarsi Sonia intravedeva dalla finestra della sua camera da letto il riflesso della luce violetta che si spegneva e si accendeva – la presenza rassicurante di qualcuno che ti tiene la mano nel sonno.

La mattina, dopo aver messo in salvo la placca ortodontica nella scatoletta fucsia, Sonia si alzava. Per prima la schiaffeggiava l'aria fresca, correndole lungo la schiena.

Il termosifone di solito era già acceso, la nonna si svegliava sempre prestissimo per dare il pastone alle galline. La stanza faticava però a riscaldarsi; gli infissi erano da sostituire, e a poco serviva il salame di stoffa lungo la base della finestra: gli spifferi passavano comunque. Sonia infilava le ciabatte rosa col muso di Peggy dei *Muppets* (lì le era permesso rimanere piccola senza sentirsi fuori posto, a casa sua con quelle ciabatte sarebbe stata in imbarazzo), poi andava a lavarsi.

Ormai da qualche tempo nonna Ada non insisteva più per aiutarla nelle abluzioni, e di questo le era grata. I gesti sbrigativi con cui la insaponava dietro il collo e le orecchie per strigliarla neanche avesse le pulci (quando Cilia usava la spazzola d'acciaio sul pelo color ruggine di Baldo ci metteva più affetto) non erano il modo migliore di ricevere il buongiorno.

La sua camera aveva un bagno annesso: era scomodo, col lavabo sotto una finestrella dalla cui maniglia penzolava uno specchio assicurato da qualche giro di spago. Sonia apriva il rubinetto e si metteva in attesa: occorrevano alcuni minuti prima che il boiler convogliasse l'acqua calda al primo piano della vecchia casa. Sciacquandosi il viso vedeva la sua fotocopia oscillare sulla superficie del vetro smerigliato dal tempo, mentre alle spalle si riflettevano i sanitari, una doccia striminzita e un baule chiuso col lucchetto che occupava metà dello spazio.

Gli abiti li teneva disposti sulla cassapanca; Sonia non gradiva il puzzo di naftalina dei ripiani dell'armadio, foderati con la carta a quadretti. Una volta vestita si riaffacciava in bagno per pettinarsi i capelli, che le arrivavano alle spalle. Ci voleva un po' per occultare quel piccolo ciuffo perfettamente bianco che sporgeva sopra l'orecchio sinistro. Aveva provato a tagliarlo via con le forbici, ma ogni volta ritornava con più tenacia: erano capelli robusti, simili a quelli delle bambole. La madre le aveva detto che non c'era nulla di cui vergognarsi, e che da grande – se voleva – avrebbe potuto tingersi.

Per fortuna i capelli di Sonia erano tanti, dunque nascondeva sempre il ciuffo sotto un altro paio di ciocche biondastre grazie a delle mollette colorate a forma di farfalla: gliele aveva regalate Katia per il compleanno.

Come ultima cosa rifaceva il letto, piegava il pigiama e lo metteva sotto al cuscino.

Il 23 dicembre Sonia si svegliò e, senza bisogno di guardare fuori, si accorse da come la luce riempiva la stanza che durante la notte qualcosa era successo. La neve annunciata da tutti era caduta davvero: tanta, troppa. Quel vento gelido che da settimane spazzava l'Italia – e insieme l'Europa intera – aveva un nome minaccioso: Buran. I telegiornali dicevano venisse dalla Russia, proprio come la nube tossica di Černobyl', e con toni apocalittici annunciavano che il Natale ormai prossimo sarebbe stato fra i più rigidi mai registrati nella penisola.

Il richiamo fu irresistibile: dopo essersi preparata in tutta fretta si precipitò di sotto. Una volta ottenuto il permesso dalla nonna, si infilò un berretto in cui raccolse l'ammasso dei capelli, poi si bardò con giacca a vento, guanti e pantaloni termici per correre in cortile con i doposci ai piedi: finalmente poteva gettarsi in quel bianco.

Le siepi e gli alberi, fino a qualche giorno prima incorniciati dalla galaverna, adesso erano come inghiottiti dalla neve, e così la casa di Sergio e Cilia, la cuccia di Baldo, la ruota del mulino – ferma da quando quel tratto del Tesso era ghiacciato. Un panorama simile si specchiava in tutto quello che gli occhi di Sonia, spingendosi lontano, riuscivano ad abbracciare; ovunque si voltasse non c'era altro che una quiete lattescente, i rumori del traffico sembravano azzerati, comprese le musichette natalizie che da qualche settimana imperversavano anche in quel remoto borgo di montagna.

A fianco del garage nonno Delio aveva costruito un pergolato di legno che permetteva a un generoso rovo di more di espandersi in lunghezza. Sotto quel pergolato Sonia amava attardarsi all'inizio dell'estate; da qualche anno riusciva a raggiungere i rami più distanti senza l'aiuto di una scaletta: era abbastanza alta per allungare il braccio e raccoglierne i frutti deliziosi. Erano more succose e dolcissime, che sporcavano le mani e la bocca (doveva fare attenzione perché macchiavano i vestiti, nonna Ada la metteva sempre in guardia). Ora il pergolato, completamente imbiancato, sembrava una capanna di ghiaccio uscita da una fiaba: la dimora di qualche principessa infelice, si disse Sonia avanzando a fatica nella neve soffice.

La qualità del silenzio, lì sotto, era tale e così sorprendentemente piacevole che (mentre ammonticchiava un po' di neve per dare forma a un pupazzo) Sonia non si rese subito conto di un'assenza che invece avrebbe dovuto insospettirla. Mancava il commento sonoro costante durante il giorno: i versi delle galline. D'accordo, erano solo quattro – e tutte senza nome: la nonna sosteneva fosse stupido dare un nome agli animali, dunque Sonia le aveva battezzate in segreto –, ma erano solite tenere un comizio ininterrotto. Emettendo suoni talvolta più bassi e altri più acuti, i buffi bipedi giudicavano tutto ciò che accadeva in quella parte di mondo. Adesso, se tendeva l'orecchio verso il pollaio, anziché il solito chiocciare sentiva un rumore ritmico, come di qualcuno che di tanto in tanto fa cozzare un punteruolo su una superficie dura.

Lasciò a metà il pupazzo per avvicinarsi guardinga al pollaio. I suoi passi erano pesanti per via della neve fresca, che se da un lato la rallentava, dall'altro sembrava volesse proteggerla da quanto stava per vedere.

Più che le galline, a essere sinceri, le stava a cuore Guendalina, una testuggine che da sempre si aggirava per Borgo Loreto e che negli ultimi tempi aveva scelto come quartier generale il prato davanti alla casa dei nonni di Sonia. Il motivo era semplice:

lì germogliavano un'erbetta soffice e qualche ciuffo di insalata spontanea di cui Guendalina era ghiotta.

Si trattava di una presenza benevola; nei pomeriggi trascorsi a Lanzo, Sonia giocava per ore insieme a quella bestiola un po' scorbutica. Le zampe squamose, le mascelle con cui mangiava dalle mani tocchetti di mela o di carota, gli occhi scurissimi che suggerivano una saggezza antica, persino l'odore selvatico – a Sonia di lei piaceva ogni dettaglio. Nonna Ada invece la trovava insignificante, perché non ne vedeva la pratica utilità contadina: non faceva la guardia, non deponeva le uova e non le sembrava potesse essere gustosa cucinata in umido. Tollerava la tartaruga soltanto perché non richiedeva alcun tipo di attenzione, e perché l'orto – protetto da una rete per evitare gli attacchi degli uccelli – era a prova di qualsiasi animale intendesse fare razzia delle sue erbe medicamentose.

Quando Sonia aveva scoperto dai libri di scuola che le testuggini sono fra gli esseri più longevi presenti sulla Terra, si era detta che lei e Guendalina sarebbero cresciute insieme. Come due amiche. Con Katia ogni tanto le era capitato di litigare, tipo quella volta del circo, con Guendalina invece mai. E pazienza se a un certo punto qualcuno aveva tirato fuori il fatto che Guendalina non fosse una *lei* ma un *lui*: il nome e la promessa di amicizia eterna non erano stati intaccati.

Raggiunse il pollaio come in apnea, perché era proprio lì – nel quadrato di terra dove razzolavano le galline – che Guendalina si rifugiava durante il periodo del letargo. Scavava una buca profonda e si addormentava, contrastando così la stagione più fredda dell'anno.

Gli occhi di Sonia scorsero rapidi, attraverso le maglie di ferro della recinzione, il piccolo cumulo di terreno in cui la tartaruga trascorreva ogni inverno; per fortuna era intatto, nessuno aveva disturbato il suo sonno. Le avevano spiegato che gli animali in letargo sono come i sonnambuli: guai a svegliarli.

Nel pollaio la gallina più giovane (fra sé e sé Sonia la chiamava Silvestra, perché era bianca e nera come il gatto dei cartoni animati), beccava con ostinazione dentro la pentola dell'acqua cercando inutilmente di abbeverarsi. Nonna Ada usciva di casa prima ancora di fare colazione per riempire un annaffiatoio di acqua bollente e sciogliere così lo strato ghiacciato che si formava sulla pentola durante la notte; evidentemente quel giorno se n'era scordata. Ora la povera Silvestra, con aria un po' derelitta, cercava di perforare con tutte le sue forze il ghiaccio producendo quel suono sordo.

Sonia si rasserenò, ma solo per un breve istante, perché mentre sorrideva di fronte alla cocciutaggine di Silvestra si rese conto all'improvviso che non c'era traccia delle altre galline. Fu allora che notò la grande quantità di piume sparse tutt'intorno. A turbarla davvero furono però alcuni sbaffi vermigli che macchiavano il cesto – una cassetta della frutta con del fieno – dove le galline deponevano le uova.

"Nonna, è successa una cosa…" disse non appena entrò in cucina, mentre si liberava dei doposci poggiandoli su uno straccio sotto il termosifone. La nonna la anticipò, descrivendo con misurato distacco lo scempio che aveva trovato quel mattino aprendo la porta del pollaio.

Quando Sonia, stringendo con apprensione il cordless, telefonò alla stazione di Ceres per raccontare la scena, la madre la paragonò a quella ricorrente nei romanzi gialli che leggeva prima di addormentarsi: il delitto nella stanza chiusa. Perché sul pavimento gelato del pollaio nonna Ada aveva rinvenuto i corpi di tre galline brutalmente decapitate, e quelle piume testimoniavano la lotta che le bestie dovevano aver vanamente ingaggiato con il loro aggressore.

A infittire il mistero, le teste non erano state ritrovate. Non si capiva poi perché una gallina fosse stata risparmiata, e soprattutto – aveva chiosato la nonna – la porta del pollaio era sprangata nel modo preciso in cui lei assicurava l'asse di ferro con un lucchetto.

"Semplice, è stata una faina," disse Teo con lo sguardo spavaldo di chi sa come va il mondo.

Ormai era consuetudine che Sonia ogni giorno andasse da sola alla cascina dei Savant – a patto che facesse ben bene attenzione quando si trattava di attraversare la strada – per prendere una bottiglia di latte appena munto. Nonna Ada le allungava mille lire (doveva portare indietro il resto) concedendole di fermarsi un po' a chiacchierare con l'amico. Aveva l'obbligo di tornare per pranzo e fare almeno un'ora di compiti delle vacanze, mentre lei si ritirava nella sua gelida camera da letto per riposare.

Ma quel mattino dell'antivigilia la nonna era andata in paese per una commissione che aveva liquidato come "importante" senza aggiungere altro. Di cosa si trattasse, Sonia non era riuscita a scoprirlo. Nonna Ada le aveva solo ricordato che nel forno, in una teglia di vetro protetta da un panno, c'era un'abbondante fetta di polenta che avrebbe potuto scaldarsi in padella con una noce di margarina: non sarebbe rientrata presto. Poi si era avvolta nel suo scialle di lana, aveva indossato un logoro giubbotto marroncino che le stava largo – doveva essere appartenuto al marito – e con il solito passo incerto si era incamminata verso il garage.

Dopo la morte del nonno l'automobile era stata venduta, ma il garage non era rimasto vuoto a lungo: il padre di Sonia l'aveva riconvertito nel suo personale magazzino di cianfrusaglie. Tutti gli oggetti che nei vari traslochi della famiglia Ala non avevano trovato collocazione – la *rumenta* che nessuno si decideva a buttar via – avevano preso il posto della Seat Ibiza nera con cui nonno Delio andava a pesca o accompagnava la moglie a fare la spesa. Fra queste cianfrusaglie c'erano anche svariate collezioni dei romanzi rosa da edicola che la madre di Sonia leggeva prima di sposarsi, intere annate delle riviste sportive che il padre continuava regolarmente ad acquistare senza mai sfogliare, insieme a innumerevoli giornalini, rotocalchi ingialliti e fascicoli di enciclopedia spaiati che chissà a chi erano appartenuti.

Nella bella stagione, quando il garage era illuminato dal sole e le more maturavano in abbondanza nel pergolato lì accanto, Sonia buttava una coperta sulla poltrona mezza sfondata che qualcuno aveva addossato a una parete e si abbandonava fra le pagine; sfogliando, leggiucchiando qua e là o annusando quella carta che le si sbriciolava sotto le dita, ricostruiva la storia della sua famiglia prima che lei nascesse. Mescolava indistintamente pagine ed emozioni.

Sotto un lercio telo verde militare, vicino alla mountain bike di Sonia, in un angolo del garage riposava il ciclomotore di nonna Ada. Se quando camminava era ritorta, il busto chino in avanti e le lunghe gambe che sembravano doversi rompere da un momento all'altro, a bordo del suo Motorella – così recitava la scritta sulla fiancata – nonna Ada suggeriva invece una coriacea idea di stabilità. Procedeva piano, era cauta (del resto il ciclomotore non permetteva di raggiungere chissà quale velocità), ma non ispirava certo la tenerezza che molte persone anziane suscitano quando sono alla guida di un mezzo. Nulla in lei era fragile.

Sonia ormai l'aveva capito da tempo: se le nonne delle sue amiche erano simpatiche vecchiette che si divertivano a fare le parole crociate o a sfornare deliziose torte di mele, la sua invece era qualcos'altro. Non frequentava neppure l'abbadia di Loreto per la messa; per forza in paese credevano fosse una *masca*.

Talvolta era proprio con il Motorella che nonna Ada accompagnava Sonia a scuola. Dava due o tre colpi al pedale di avviamento finché il ciclomotore non lanciava uno scoppiettio, poi lo toglieva dal cavalletto. Faceva sedere sul retro della sella la nipote – premurandosi che avesse infilato sotto la maglia alcuni strati di giornale per proteggersi dal vento – e partiva. Sonia si stringeva appena a lei (sapeva che non amava essere toccata, e comunque aveva un odore sgradevole) mentre la strada in salita sbocciava davanti a loro.

Una volta raggiunta la piazza del comune, in cima al paese, nonna Ada la scaricava davanti all'Istituto comprensivo statale Luigi Perona senza nemmeno spegnere il motore. Per fortuna arrivavano sempre molto prima dell'inizio delle lezioni: Sonia si vergognava all'idea di farsi vedere dai suoi compagni a bordo di quel catorcio. Attendeva che la nonna si allontanasse, poi sfilava i giornali da sotto la maglia, li gettava in un cassonetto ed entrava in classe.

Quel mattino la nonna aveva faticato un po' più del solito per far partire il Motorella: il freddo non aveva pietà di nulla e doveva aver aggredito anche l'impianto d'avviamento. Lo spazzaneve aveva già pulito le strade, più tardi il trattore spargisale sarebbe entrato in azione per evitare che l'asfalto ghiacciasse. Dopo alcuni tentativi andati a vuoto, Sonia aveva finalmente sentito il rombo del Motorella sancire il fatto che nonna Ada stava per andarsene.

A bordo del ciclomotore si era mossa con lentezza lungo via Loreto, mentre la nipote dalla finestra la osservava confondersi un po' alla volta col bianco accecante del paesaggio.

"Una… faina?" chiese Sonia spalancando gli occhi.

Erano seduti sul muretto che separava il cortile dei Savant dall'ampio appezzamento dove i genitori di Teo coltivavano ogni tipo di ortaggio. Adesso era soltanto un grande lenzuolo candido sporcato qua e là da qualche cumulo di terriccio, ma sotto la neve c'era la terra congelata che – Teo lo sapeva bene – la primavera dopo avrebbe assecondato il ciclo delle stagioni e sarebbe stata nuovamente fertile. Lui di quel posto conosceva ogni segreto: avrebbe saputo dire a occhi chiusi dov'erano le tane dei grilli o indicare le crepe nelle rocce in cui si nascondevano le lucertole (era abilissimo a far uscire i primi dai buchi nel terreno, e ad acchiappare le seconde senza staccare loro la coda). Nei campi lì intorno aveva trascorso interi pomeriggi, e la sua memoria sentimentale era stipata di informazioni: per esempio cosa accade ai *peru-peru* quando li usi a mo' di freccette e si attaccano ai maglioni di lana, oppure come si riconosce a colpo d'occhio l'*erba brüsca* buona da tenere in bocca mentre lavori.

Sonia invece sapeva molto di alcune cose astratte perché le aveva lette o gliele avevano spiegate (il modo in cui gli antichi egizi acconciavano le mummie, o la storia del meteorite che avrebbe provocato l'estinzione dei dinosauri), mentre sapeva poco di tante altre che riguardavano la vita all'aria aperta. Per lei la parola "faina" aveva solo un che di selvaggio, non le evocava nient'altro di preciso se non certe conversazioni – di cui non si era mai curata – condotte in piemontese da qualche adulto. Chiaro, sapeva che era un animale, ma se fosse grande o piccolo, con i denti o con le zanne, col pelo lungo o una corazza, questo lo ignorava. Aveva solo il racconto di Teo a cui potersi aggrappare.

"Guarda che le faine sono cattive," rincarò la dose lui, infervorato dalle sue stesse parole. "Entrano di notte anche dalle nostre bestie, le spaventano e certe volte le ammazzano."

Le spiegò come suo padre avesse predisposto in punti preci-si della cascina delle tagliole per poterle catturare. Sonia aveva adocchiato le trappole per topi nel garage del nonno: ma quelli erano apparecchietti ridicoli, mezzo arrugginiti, che non avreb-bero fatto del male a nessuno.

"Sai quanto grida una faina quando finisce in una tagliola?" disse Teo con tono di sfida. Una vena gli pulsava sulla fronte, lì dove l'acne era più diffusa.

Sonia non ci teneva affatto a saperlo: scese giù dal muretto con un balzo, afferrò la bottiglia di latte che aveva conficcato nella neve e fece per andarsene. Anche se raramente ricorreva alle bugie, quel mattino era pronta a mentire; avrebbe detto che le spiaceva ma doveva tornare a casa, la nonna la stava aspettan-do. Non ce ne fu bisogno.

Ricorrendo all'istinto che ciascuno sviluppa quando com-prende che una cosa bella sta per finire (e s'ingegna affinché possa durare ancora un po'), Teo provò a dare una piega più rilassante alla conversazione. E dopo aver lanciato un'occhiata per sincerarsi che i suoi genitori non fossero nei paraggi, le pro-pose di andare insieme allo stalletto dei maiali, sotto la tettoia. C'era qualcosa che voleva farle vedere.

Dubbiosa, Sonia seguì il codino ballonzolante di Teo su quel collo tarchiato, studiando i gesti decisi di chi si muove nel pro-prio ambiente naturale. Era irritata: quel parlare di bestie che decapitano altre bestie, di trappole che torturano e uccidono, tutto questo non le apparteneva più. Ora abitava nella cittadina di Ciriè, si disse, quel mondo se l'era lasciato alle spalle.

Si tranquillizzò solo nel momento in cui capì il valore incal-colabile del tesoro di cui Teo la stava mettendo a parte. Erano quattro enormi bidoni blu, di quelli che solitamente si usano riempire col letame fresco in attesa che diventi concime. Ma quelli conservati dentro erano tutt'altro che escrementi, anche se la puzza che aleggiava intorno suggeriva il contrario.

Quando Teo tolse i mattoni che tenevano fermo il telo di nylon che proteggeva i bidoni, alla vista di Sonia comparve il paradiso di qualsiasi goloso. Crostate grandi e piccole guarnite di cioccolato o marmellata, fagotti di sfoglia farciti, biscotti panna e cacao, trecce ricoperte di zucchero, tortine al sapore di carota, gallette croccanti, bocconcini di pan di Spagna traboccanti di creme deliziose, plumcake ripieni di yogurt, taralli burrosi, fette biscottate al cacao... tutte queste meraviglie erano intatte, chiuse nelle loro confezioni.

"Prendi quello che vuoi," la invitò Teo arraffando una merendina a caso. E strappato l'involucro di plastica con voracità – quasi il legittimo proprietario di quei dolci potesse comparire da un momento all'altro – la divorò, le guance arrossate dallo sforzo. Erano lontani i tempi in cui i compagni di scuola lo prendevano in giro per i panini unti: questo dicevano i suoi occhi beffardi. Si spazzò via col braccio le briciole dai baffetti, poi infilò la mano tozza in uno dei bidoni e pescò un'altra confezione.

Sonia esitava, in attesa che lo scherzo che evidentemente Teo le stava facendo si interrompesse. Sembrava che il reparto dolciumi di un supermercato fosse stato saccheggiato per confluire dentro quei bidoni, una specie di frigorifero naturale all'aperto. Di tanto in tanto i maiali lanciavano un grugnito, a ricordare che quello era pur sempre il loro territorio.

Alla fine si lasciò tentare e prese una merendina al pan di Spagna e cioccolato: vedere tutto quel bendidio le aveva messo fame. Nonna Ada non avrebbe mai saputo dello spuntino fuori orario.

Solo allora Teo le spiegò da dove arrivavano quelle leccornie: il padre aveva stretto un accordo con una famosa azienda di dolci, la quale vendeva alla famiglia Savant – un tanto al chilo e a un prezzo bassissimo – i prodotti appena scaduti, ormai inservibili sul mercato, che poi loro davano in pasto ai maiali.

"Come, *scaduti*?" Sonia rimase col boccone in gola, neanche fosse avvelenato.

"Oh, tranquilla," disse Teo agitando una mano nell'aria. "Guarda che quella che leggi sulle scatole non è la vera data di scadenza. Per un mese almeno la roba è ancora buona, per questo scrivono 'preferibilmente'."

"Se lo dici tu," concesse lei, troppo beneducata per dire che all'improvviso le era passato l'appetito. Finì senza convinzione il dolce, e poi chiese serissima: "Ma quindi voi avete vinto tutti i premi?"

Teo era alto una spanna buona più di lei, e la fissava a capo chino senza capire: "Quali premi?"

"Ma sì: le tovaglie, il servizio di piatti…"

"Ah, no!" sorrise lui, mostrando in bella vista l'apparecchio per raddrizzare i denti. "Quelli non possiamo averli, vedi?" Sollevò la confezione di una crostata all'albicocca: in corrispondenza del tagliando da incollare sulla schedina-punti c'era un buco sagomato grossolanamente. L'azienda mica era scema, toglieva uno a uno i tagliandi che permettevano di completare la raccolta.

"Peccato," concluse Sonia.

Non fecero parola del Natale imminente. Entrambi erano in quell'età in cui si è ormai grandi per credere a Babbo Natale o a Gesù Bambino, ma si è ancora con un piede impigliato nell'infanzia per ammetterlo in modo schietto. Dunque non nominarono i regali, anche se tutti e due speravano di veder comparire, la mattina del 25 al risveglio, dei pacchetti contenenti i loro desideri.

Quale fosse il desiderio a cui Sonia teneva di più, non avrebbe saputo dirlo neanche lei. Di sicuro nulla che potesse essere contenuto in una scatola.

Aveva ripreso a nevicare, e insieme si era di nuovo alzato il vento: soffiava forte, graffiava la faccia e buttava addosso dei fiocchi aguzzi che bruciavano a contatto con gli occhi. Sonia percorse gli ultimi metri che la separavano da casa con la testa bassa, i capelli svolazzanti dietro di lei. Aprì il cancelletto verde con le mani intirizzite, poi lo richiuse registrando che il garage era vuoto; la nonna non era ancora tornata. E mentre entrava in casa, battendo bene i doposci sullo zerbino per liberarli dalla neve e dal fango, venne attraversata da un pensiero in apparenza innocuo: per quel che ne sapeva, nonna Ada abitava a Lanzo da sempre.

Sonia invece, trascorso più di un mese dall'ultimo trasloco, ormai conosceva la cittadina di Ciriè quel tanto che le bastava – ed era costretta ad ammettere che non si trovava così male. Dopo aver pianto tutte le lacrime che aveva e anche qualcuna in più (a proposito, quant'era che non sentiva Katia?), aveva dovuto dar ragione alla madre: Ciriè era piena di cose che a Lanzo non c'erano. Si sentiva un po' in colpa, ma se le avessero chiesto quale posto preferisse tra i due – *vuoi più bene alla mamma o al papà?* – lei avrebbe scelto la città.

Aveva appurato che la storia dei televisori e della PlayStation era un'esagerazione di Teo, anche se tutto quello che aveva visto a Ciriè in effetti le sembrava più grande. La palestra della nuova scuola, ad esempio, non ricordava per nulla lo scantinato ammuffito di quella vecchia. Era luminosa e ampia, proprio come quelle dei film americani dove si eleggono il re e la reginetta del ballo. I pomeriggi in cui insieme alle sue amiche dopo i compiti guardava quei film c'era sempre qualcuna che esclamava quanto fosse romantico il ballo di fine anno, aggiungendo che – di lì a breve – quel momento magico sarebbe toccato a loro.

Ma Sonia aveva un pensiero fisso che la assillava, e che non osava confidare alle compagne, sicuramente più esperte di lei. Quando ci si bacia con la lingua – cosa che lei non aveva mai fatto, tranne per penitenza in qualche gioco stupido, ma lì la lingua altrui l'aveva subita – come si fa a non mordere l'altro e a non essere morsi a propria volta?

Chiuse la porta a chiave, posò la bottiglia di latte sul lavello, si liberò della giacca e dei doposci. Poi si sedette sul sofà in cucina: la tavola era già apparecchiata, ma la polenta poteva aspettare. Ora doveva riflettere.

E comunque a Sonia non importava granché di diventare la reginetta del ballo. Se proprio doveva individuare un modello femminile a cui ispirarsi (oltre a sua madre, ma quando la sgridava senza motivo si azzerava ogni spirito di emulazione), lei aveva già scelto da un pezzo quello regale per eccellenza: Lady D.

C'era stato un periodo, tempo prima, in cui Sonia era entrata in fissa per Diana Spencer. Ogni volta che il suo volto sorridente compariva in TV smetteva di fare qualsiasi cosa stesse facendo e rimaneva con gli occhi incollati allo schermo. Il modo in cui Diana stava al mondo – che si rivolgesse al marito, alla folla adorante che la salutava o a un bisognoso durante una delle sue missioni –, quella naturalezza ed evidente bontà d'animo che trapelavano da ogni suo gesto commuovevano nel profondo la piccola Sonia Ala. Sul diario segreto (che teneva nascosto nella cassettiera di camera sua a Ciriè, chiuso da un vezzoso lucchetto a forma di cuore), a fianco delle foto di Bon Jovi e Bryan Adams ritagliate dai giornali, vicino agli adesivi di qualche boy band ormai dimenticata e di un paio di attori in voga fra le teenager di mezzo mondo spuntava anche il viso di Lady Diana Spencer.

Una fotografia in particolare le piaceva molto, l'aveva trovata in garage su un vecchio settimanale in cui Lady D raccontava all'intervistatore del suo matrimonio. Un abito semplice, una collana di perle e un sorriso disarmante: così era ritratta il giorno in cui – all'inizio degli anni ottanta, poco più che adolescente – si trovava in una sala di Buckingham Palace insieme a Carlo, il suo fidanzato, per ottenere da parte della regina Elisabetta l'approvazione alle nozze. Diana sembrava una scolaretta fotografata in piedi accanto alla cattedra durante un'interrogazione: le mani giunte dietro la schiena, le gambe incrociate per dissimulare l'imbarazzo, tutto il futuro davanti a sé.

Anche adesso che Sonia si reputava ormai troppo grande per tenere un diario segreto (aveva smesso di scriverci perché le sembrava sciocco), di tanto in tanto riguardava quella foto, sentendo che in qualche modo stava parlando a lei.

Nonostante il termosifone avesse scaldato la cucina, sentiva ancora freddo. Le scappava la pipì, ma per il momento non aveva intenzione di muoversi; dispiegò una coperta di lana e si rintanò al calduccio lì sotto. La coperta era impregnata dell'odore di nonna Ada: un misto di fieno, naftalina e qualcosa di meno piacevole.

Il pensiero si riallineò e la ricondusse al punto da cui era partita. Se era vero che Sonia di un posto come Lanzo poteva non conoscere molte cose (ci era cresciuta, ma come in un nido), se alcune consuetudini contadine erano per lei ancora colme di mistero, nonna Ada invece doveva sapere tutto. E dunque: com'era possibile che non avesse capito che a uccidere le galline – Lina, Stella e Berenice, per essere precisi – fosse stata una faina? Teo le aveva spiegato che le faine sono bestie astute e molto agili, che s'intrufolano di notte nei pollai (anche un piccolo varco è sufficiente) e fanno strage di animali da cortile. E allora: come mai nonna Ada non l'aveva detto subito? Per quale motivo sembrava sorpresa?

Fece un largo sbadiglio, la coperta le stava restituendo la temperatura corporea. Chiuse gli occhi.

Solo un attimo, si disse.

Quando li riaprì sobbalzò: aveva dormito troppo, ne era sicura. Presa dal panico, si liberò dalla coperta scalciandola via e fissò l'orologio appeso alla parete sopra il televisore. Segnava le 12.40, era ancora presto.

Guardò fuori dalla finestra: nient'altro che quiete e silenzio. La stella cometa legata al loro balcone si agitava nel vento, le luci spente. Di nonna Ada neanche l'ombra. Sonia si alzò, e anziché andare in bagno a fare pipì si decise a mettere in pratica quello che aveva vagheggiato da quando era rientrata, ma che non osava neppure pensare.

Aprì la porta a soffietto della stanza accanto, dove c'era un salottino per gli ospiti – un divanetto e una poltrona dalla fodera sgualcita, un tavolo e due sedie imbottite. Uno specchio sovrastava il mobile del telefono: quando era certa che nessuno la stesse osservando, davanti a quello specchio ballava e canticchiava a bassa voce; usava qualsiasi oggetto le capitasse sottomano come se fosse un microfono e lei una rockstar.

Su di un lato della stanza faceva mostra di sé una vetrinetta colma di soprammobili di porcellana che la nonna stringeva fra le dita artritiche per spolverarli con cura. Sull'altro, una grossa radio piena di pulsanti e manopole che Sonia non aveva il permesso di toccare, sebbene non ricordasse di averla mai vista in funzione.

E giù, in fondo, c'era la porta chiusa a chiave della stanza dove nonna Ada riceveva i suoi clienti. Era stato provvisoriamente sgomberato il tavolo su cui i visitatori poggiavano gli omaggi per la guaritrice: l'8 dicembre, con il muschio raccolto poco fuori da Borgo Loreto, Sonia e la madre avevano allestito un modesto presepio.

Sapeva bene che la chiave che apriva la porta era quella con un cordoncino dorato, appesa al gancio più alto della rastrelliera accanto allo specchio. Un pomeriggio si era presentato a casa un vecchio assai malandato, chiedendo della guaritrice. La nonna lo aveva accolto, imponendo alla nipote di sbrigare una commissione in paese. Sonia però era tornata prima del previsto, e alzando per caso gli occhi alla rastrelliera si era accorta che la chiave non c'era più.

Per darsi coraggio si disse che non era mai stata da sola in quella casa: chissà quando le sarebbe capitato di nuovo.

Prese una delle sedie imbottite, la trascinò contro il mobile del telefono e scalza com'era ci salì sopra; rimase a contemplare per un istante la sua immagine riflessa nello specchio. Spesso cercava nel proprio viso i caratteri che gli altri dicevano la facessero assomigliare al padre, verso il quale provava un sentimento che cuciva insieme la rabbia e l'affetto.

Quando afferrò la chiave, sentì un leggero brivido percorrerle il braccio.

A piccoli passi raggiunse la porta, il respiro che si faceva via via più rapido. Infilò la chiave nella toppa, e mentre la ruotava nella serratura si augurò che fosse quella sbagliata. Non avrebbe girato, la porta non si sarebbe aperta, lei avrebbe rimesso la chiave al suo posto e nulla di male sarebbe... *clic*.

La prima cosa era l'odore: quella nota fastidiosa che nonna Ada aveva sempre addosso, e che non appena Sonia schiuse la porta la investì, amplificata alla massima potenza. Poi c'era il buio, o meglio la penombra: era una stanza cieca, senza finestre; da qualche parte doveva esserci un interruttore, ma lei continuava a starsene immobile sulla soglia.

Pian piano mise a fuoco un lavabo identico a quello del piccolo bagno al piano di sopra, dove c'era il suo letto: l'unico posto della casa – anche se le pareva lontanissimo – in cui avrebbe voluto trovarsi in quel momento. Poi scorse una barella, anzi un lettino, simile a quello su cui la faceva sdraiare il medico quando doveva compilare il certificato di sana e robusta costituzione per frequentare il corso di nuoto. Un tavolo con una bacinella, dei barattoli. Un vecchio quaderno dalla copertina rossa.

Tenendo ben spalancata la porta, fece la massima attenzione a non urtare nulla entrando. L'odore era così forte che dovette coprirsi il naso e la bocca con una mano. Con l'altra aprì il quaderno, avendo cura di non sollevarlo dal tavolo: era fitto della grafia appuntita della nonna. Si trattava di un elenco di date, nomi e malanni; doveva essere il registro su cui la guaritrice di Lanzo teneva conto dei suoi riti. Le pagine sbiadite crepitavano: Sonia le fece scorrere fino a raggiungere senza volerlo il punto in cui la scrittura s'interrompeva. Quando i suoi occhi, risalendo fino alla data di quasi due mesi prima, lessero *quel* nome, non ebbe nemmeno tempo di vacillare perché accadde l'inevitabile. Sentì distintamente il rombo del Motorella che si avvicinava.

Il resto fu una successione di movimenti così fulminei e precisi che, se qualcuno le avesse chiesto come fosse riuscita a metterli in fila, avrebbe potuto rispondere con un'unica parola: *terrore*.

Diede una mandata alla porta della stanza (con un veloce gioco di polso verificò che non ce ne fossero due o più), salì di corsa sulla sedia per rimettere la chiave al suo posto, spinse la sedia vicino alla sua gemella, fece scorrere la porta a soffietto dietro di sé e completamente ricoperta di sudore tornò in cucina.

Ringraziò se stessa per aver chiuso il cancelletto che dava sulla strada. La nonna stava attraversando in quel momento il cortile per sistemare il ciclomotore in garage, la vedeva da dietro le tende di pizzo che ornavano la finestra. Sonia aveva ancora a disposizione una manciata di secondi per riprendersi. Stava per impostare il più spontaneo dei sorrisi quando si ricordò della polenta: sarebbe stato sospetto se non l'avesse nemmeno toccata. Spalancò allora il forno, strappò con le unghie un grosso pezzo di polenta e lo cacciò in fondo al sacchetto dell'immondizia. Rimise la teglia nel forno, e sul lavello – quasi fossero stati appena lavati – dispose un piatto, due posate e la padella con cui in teoria aveva ripassato sui fornelli la polenta.

Restava la bottiglia di latte, ma era troppo tardi, al massimo avrebbe ricevuto un rimprovero per non averla sistemata nel frigo. Si piazzò al tavolo della cucina con la coperta sulle gambe e il sussidiario aperto: fu lì che la trovò nonna Ada rientrando.

La donna aprì la porta senza nemmeno guardare in faccia la nipote. Notò invece con disappunto che l'orologio era fermo: segnava ancora le 12.40, disse che avrebbe dovuto sostituire la pila. Aggiunse che era molto stanca: sarebbe andata in camera sua. E salì le scale.

Solo allora il respiro di Sonia riprese a fluire regolare. Ci avrebbe messo qualche secondo ancora per accorgersi della macchia calda che le si andava allargando sui pantaloni.

MARTEDÌ

Vittima sacrificale – Tanti piccoli occhi – Da sola –
Fissa il prefisso – Un Fiorino blu

Quando era seduto alla sua scrivania, il carabiniere scelto Donato Brachet a malapena raggiungeva coi piedi il pavimento della caserma. Quel 24 dicembre, però, nulla sembrava turbarlo a parte la noia: stava pregustando la serata che lo attendeva.

Aveva prenotato un tavolo al ristorante di pesce La chintana per una cena della vigilia di Natale che – nelle sue intenzioni – sarebbe stata tanto costosa quanto indimenticabile. Insieme alla fidanzata avrebbe assaporato piatti deliziosi (specialità della casa erano le ostriche e i ricci di mare, prelibatezze che nessun altro ristorante delle valli poteva vantare), sorseggiando dell'ottimo Arneis. Poi, al momento del dessert, avrebbe calato l'asso: un anello d'oro bianco con un diamante grande così, che Marta Leporis si sarebbe ritrovata fra gli strati della millefoglie, il suo dolce preferito. Dopo quattro anni di fidanzamento intendeva chiederle di sposarlo, ed era certo che lei – i dentoni sporgenti, lo sguardo non troppo sveglio – avrebbe detto sì.

Il padre di Marta, che non aveva mai visto di buon occhio il fidanzato della figlia, sarebbe stato costretto ad accettarlo in famiglia e a trovargli un posto nella sua azienda. Donato Brachet avrebbe infine realizzato il suo obiettivo: lasciare l'Arma dei carabinieri e diventare un rispettabile dipendente della Leporis & Co., la ditta di sanitari più grande della regione. Per essere felice gli sarebbe bastato un ufficio tutto per sé (con il suo nome scritto a grandi lettere fuori dalla porta) nell'enorme complesso aziendale di Torino al cui vertice c'era il suo futuro suocero.

Immaginava un tranquillo lavoro di routine: un paio di scartoffie da firmare qua e là, delle noiose riunioni cui partecipare la mattina, mentre il resto della giornata intendeva starsene defilato. Forse avrebbe trovato pure un compagno di lavoro simpatico (qualcuno che lo rispettasse, una volta tanto) per guardare insieme la partita, e se proprio fosse stato fortunato persino una collega disponibile – magari divorziata, erano le migliori – con cui concedersi qualche sveltina.

La prospettiva che vedeva davanti a sé era solida quanto la porcellana garantita dalla pubblicità dei sanitari Leporis che passava di continuo sulle reti della TV locale. Un impero che avrebbe ereditato il giorno – si sperava prossimo – in cui il vecchio sarebbe schiattato. "Il re dei cessi", così tutti chiamavano con disprezzo il dottor Maurizio Leporis.

Una volta diventato padrone della baracca, Donato Brachet era pronto a caricarsi sulle spalle il peso di quel nomignolo. Tutto pur di andarsene dalla caserma dei carabinieri di Lanzo.

Vanamente aveva sperato che la maledizione che aleggiava su di lui fin dai tempi della scuola sparisse una volta indossata la divisa. Entrando nell'Arma si era augurato che la sua autorità potesse chissà come accrescersi, anche solo grazie alla pistola portata alla cintola. Invece il miracolo non era accaduto, e lui continuava a essere preso di mira da tutti.

Piccoletto, il muso perennemente incarognito e un paio di orecchie così prominenti da sembrare un travestimento di Carnevale, il povero Donato aveva il destino scritto. Non appena interagiva con un gruppo di persone, che fossero i compagni di calcetto o i colleghi, diventava all'istante la vittima sacrificale. Anche in caserma lo sfotteva chiunque, dal più alto in grado fino all'ultimo arrivato, e lui non riusciva a reagire. Gli s'infiammavano di viola le grandi orecchie, iniziava a balbettare e tutta la sua rabbia rimaneva inesplosa.

Visto che a Lanzo le occasioni per sfoggiare la pistola in dotazione erano molto rare, si sfogava con gli automobilisti. Le volte in cui veniva messo di pattuglia, fermava le auto armato di paletta con un ghigno sadico. Cercava di indispettire anche il civile più mite o disposto a collaborare con le forze dell'ordine; a furia di scavare, qualche irregolarità emergeva sempre. La targa era sporca e poco leggibile, il fanale posteriore non funzionava a dovere, oppure mancava la ruota di scorta...

Si era stufato di quel lavoro ignobile, che spesso lo metteva a contatto con la parte più guasta dell'umanità. Il mese prima, per esempio, lui e un suo collega erano stati spediti dal maresciallo Vietti all'Istituto Luigi Perona – pochi metri più in là della caserma – con un compito assurdo: occuparsi di una vecchia professoressa che aveva dato di matto. La cicciona aveva segregato una classe intera delle scuole medie dentro un'aula, e poi davanti ai bambini si era fatta a pezzi con un taglierino. Aveva mangiato la sua carne, e non era neppure morta. L'avevano trasportata d'urgenza in ospedale, mentre quella – nel breve tragitto in autoambulanza, durante il quale Donato l'aveva scortata – continuava a cercare di mordersi come un cane rabbioso che rivolge su di sé la sua ferocia. Cazzo, c'erano budella insanguinate dappertutto... che schifo.

Si era occupato personalmente lui di affidare la pazza cannibale ai paramedici di Germagnano, ed era uscito dall'ospedale con la divisa imbrattata di saliva e sangue della donna.

Era stato allora che aveva giurato a se stesso che quella storia doveva finire.

Adesso Donato si ritrovava da solo in caserma – con la neve che non smetteva di cadere e il vento che frustava gli alberi –, bloccato nell'interminabile pomeriggio della vigilia. Aveva preso le vacanze a partire dal 7 gennaio perché non c'era altra scelta: i suoi colleghi si erano premurati di compilare prima di lui il modulo ferie, guai se avesse protestato. Si consolava pensando alla spettacolare cena di pesce che lo aspettava, al sorriso vagamente beota che la sua Marta avrebbe fatto una volta trovato l'anello. Magari, se fosse riuscita a farla ubriacare un po', quella sera a letto sarebbe stata meno imbranata del solito.

Soppesò distrattamente l'affilato coltello a serramanico di cui era entrato in possesso qualche sera prima: aveva fatto una retata al bar della stazione – parole grosse: era andato lì per prendersi un caffè –, quando all'improvviso aveva fiutato un tizio che gli sembrava fare al caso suo. Aveva chiesto al gestore se il capellone che stava sorseggiando un boccale di birra fosse un cliente abituale. Anche se aveva ottenuto una risposta affermativa, anche se al barista quel tipo col giubbotto di pelle sembrava tutt'altro che un brutto ceffo, il carabiniere scelto Donato Brachet non aveva mollato la presa: si era avvicinato al sospettato e aveva cominciato a tempestarlo di domande. Il capellone alla fine, esausto, aveva ammesso di avere con sé un coltello, che Brachet aveva immediatamente sequestrato.

E ora, esaminando la scritta sull'impugnatura – un'incisione in caratteri gotici che faticava a decifrare –, venne colto da un impulso fortissimo di urinare. Colpa dello spumante ingurgitato qualche ora prima, quando il maresciallo Vietti aveva voluto a ogni costo aprire un pandoro e stappare un paio di bottiglie con i suoi sottoposti. A Donato nell'euforia generale avevano riempito il bicchiere di plastica più e più volte ("Bevi, Brachet! Bevi!"), poi erano usciti tutti quanti con chissà quale scusa. E ora la sua vescica presentava il conto. Gli capitava sempre così con le bibite gasate, forse adesso che era più vicino ai quaranta che ai trenta doveva fare un controllo alla prostata?

"Anche il futuro re dei cessi ha bisogno del cesso," disse fra sé e sé, divertito dalla sua stessa battuta. Si spostò nel piccolo bagno accanto alla sala d'aspetto senza nemmeno chiudere la porta. A gambe divaricate, lasciò che il getto abbondante centrasse il water. Tirò la catena dello sciacquone per l'ultima volta in vita sua. E mentre il suono gorgogliante dello scarico proseguiva il suo lamento, uscendo dal bagno – non si era ancora nemmeno rialzato la zip – passò davanti allo specchio e lì si fermò. Studiò il vetro con gli occhi spalancati, ipnotizzato dal suo riflesso.

Lentamente, Donato si portò una mano all'orecchio destro. Carezzò per un po' il grande padiglione: era caldo. Il coltello a serramanico se ne stava sulla scrivania nella stanza a fianco; lucente, affilato e pronto all'uso. Fu un lampo.

Lo ritrovò il maresciallo Vietti, al rientro da un giro di ricognizione con la gazzella (così avrebbe detto, in realtà era andato a caccia di regali natalizi dell'ultimo minuto). La breve scia rosso scuro iniziava davanti allo specchio del bagno e si concludeva sul water, dove Brachet – il volto e la camicia ricoperti di sangue – era morto seduto con i calzoni della divisa calati, le mutande alle caviglie e i piedi che a fatica sfioravano il pavimento. Lo spazio era così angusto che non era scivolato a terra: aveva il capo poggiato di lato contro il muro, quasi si fosse appisolato.

L'autopsia avrebbe evidenziato che, dopo essersi reciso entrambi i padiglioni auricolari con impressionante precisione, li aveva masticati e inghiottiti. Al posto delle orecchie campeggiavano due immonde cavità rossastre. Ma la violenza con cui aveva infierito maggiormente su di sé era concentrata più in basso. Il water sembrava uno scannatoio dove avessero sgozzato una bestia: come avesse fatto a non svenire dal dolore nessuno riusciva a immaginarlo.

Perché, prima di morire dissanguato, era riuscito a incidersi la sacca scrotale. Un testicolo l'aveva ingoiato, l'altro ce l'aveva ancora in bocca.

Più o meno nel momento in cui il carabiniere scelto Donato Brachet avvertiva lo stimolo di andare in bagno, a nemmeno tre chilometri di distanza nonna e nipote si stavano studiando ai lati opposti del tavolo della cucina.

A differenza di tanti altri lunghi pomeriggi invernali, era assente il consueto sottofondo della televisione. A Lanzo c'era un solo ripetitore, che funzionava a singhiozzo; per via di monte Basso che indeboliva il segnale lo schermo trasmetteva spesso immagini traballanti o piene di righe, ma da quando la nevicata si era trasformata in bufera la ricezione si era interrotta del tutto.

Sonia cercava di mimare una forma di tranquillità, anche se il suo turbamento era tradito da piccoli segnali rivelatori come il leggero tremito che le increspava le sopracciglia o il gesto automatico di incrociare e disincrociare le gambe. La nonna – dopo aver disteso una pagina della *Stampa* sul tavolo per non sporcare la tovaglia a rombi – stava affrontando con un pelapatate una montagna di *ciapinabò*, regalo di un suo cliente. Intanto Sonia, camuffando come riusciva l'ansia, faceva merenda con due rossi d'uovo sbattuti e montati con lo zucchero fino a diventare una crema spumosa.

Capì di non avere più scampo solo quando nonna Ada le annunciò con tono neutro che, purtroppo, non sarebbero potute andare a trovare i suoi genitori per Natale. Come se un presentimento a lungo paventato avesse preso forma e lei non potesse fare altro che accettarlo, Sonia proseguì nell'inzuppare un torcetto dentro la tazza con le stelle senza neppure alzare la testa, riparandosi dietro la tenda dei capelli.

Anche la linea ferroviaria Torino-Ceres – insieme a molte strade delle valli circostanti – era bloccata per via del maltempo, e la casetta del casellante dove lavorava il padre era stata sommersa dalla neve.

Mentre nonna Ada le raccontava di come i suoi genitori quel mattino avessero dovuto fronteggiare l'emergenza (perché quando li aveva sentiti non l'aveva chiamata? sembrava l'avesse fatto apposta a telefonare proprio quando lei era in bagno), mentre la nonna pulendo i *ciapinabò* si diceva dispiaciuta di non poter trascorrere il Natale insieme a loro (ma fingeva, era chiaro: anzi, Sonia sospettava avesse accettato perché in qualche modo *sapeva* che non sarebbe stato possibile), lei non riusciva a togliersi dalla testa quello che aveva letto il giorno prima sul quaderno rosso.

Aveva passato la nottata fissando la porta a soffietto che divideva la sua camera da quella della nonna. Temeva si potesse aprire in silenzio mentre dormiva, e che delle mani s'infilassero sotto le coperte per agguantarla e farle chissà cosa. Avrebbe tanto voluto essere come la sua tartaruga Guendalina, che quando c'era un pericolo o una situazione spiacevole si proteggeva in un modo molto semplice: rifugiandosi in se stessa.

L'unica cosa che aveva rincuorato Sonia in quella fredda notte di dicembre era il Natale ormai vicinissimo. Fra poco avrebbe riabbracciato sua mamma, le avrebbe detto che anziché dalla nonna preferiva rimanere alla stazione di Ceres insieme a lei e al papà, che loro le mancavano tanto e si sentiva abbandonata… qualcosa si sarebbe inventata: l'importante era non restare più lì.

Soltanto all'alba aveva ceduto al sonno, e quando poche ore dopo si era svegliata – stanca, ma viva – la cosa a cui subito aveva pensato era la stessa che l'aveva accompagnata mentre chiudeva le palpebre: il nome letto sul quaderno. Quello della professoressa Andreina Cardone, che – qualche giorno prima di fare ciò che aveva fatto – era stata trattata dalle mani della guaritrice di Lanzo. Le mani di una *masca*, ecco cos'era sua nonna: altro che maldicenze, ciò che tutti bisbigliavano era la verità.

Purtroppo Sonia non era riuscita a leggere quale malanno affliggesse la professoressa, ma era pronta a giurare che avesse a che fare con quanto accaduto a scuola. Anzi, si disse che forse l'incidente – come lo chiamavano tutti – era scaturito da un qualche sgarbo che la Cardone doveva aver fatto alla nonna. Magari si era rifiutata di portare un pezzo di formaggio per ringraziarla, oppure era andato storto qualcosa durante il rito. Di sicuro nonna Ada le aveva gettato addosso un malocchio che l'aveva condannata a farla finita in un modo crudele, suicidandosi a morsi. E se la nonna era stata capace di affrontare una persona tanto perfida e spietata come quella strega della Cardone, chissà cosa avrebbe potuto fare a lei se avesse scoperto…

Quando sentì il suo nome pronunciato a voce alta, Sonia riemerse da quella spirale velenosa di congetture e ripiombò nel chiuso della cucina, dove il profumo terroso dei *ciapinabò* solleticava le narici.

Si accorse che nonna Ada stava aspettando una risposta. Le aveva fatto una domanda, ed era in attesa che la nipote dicesse la sua. Ma a proposito di cosa? C'entrava con la sua visita nella stanza proibita? Forse in qualche modo la vecchia se n'era accorta, e adesso intendeva prendere provvedimenti… Sonia arrossì, come quando gli insegnanti – intimandole di ripetere quello che stavano spiegando – la riprendevano mentre chiacchierava con Katia. Solo che adesso, anziché una nota sul registro, la punizione sarebbe stata tremenda.

Il labbro inferiore prese a muoversi per conto suo. Nel tentativo di quietare il panico distolse lo sguardo; se fosse riuscita a escludere la nonna dal suo campo visivo, ne era convinta, se la sarebbe cavata. Si concentrò sui *ciapinabò*, ma quei tuberi bitorzoluti erano tanti piccoli occhi malefici che la fissavano. LA CONGIURA DEI PARENTI DI SADDAM, recitava l'articolo di giornale rivolto verso di lei – i grossi caratteri neri, leggermente ondulati dall'umido della verdura, parevano anch'essi minacciosi.

"Posso andare a giocare a palle di neve col figlio dei Savant?" tentò. La voce le tremava appena. "Oggi ho già fatto i compiti delle vacanze, ho finito geometria…"

La vecchia rimase in silenzio per un tempo eterno. L'orologio della cucina era ancora fermo: invano avevano cercato una pila di ricambio nei cassetti. Da come le ombre si stavano allungando sulla casa il sole sarebbe tramontato di lì a un'ora. Nonna Ada riprese di buona lena a pelare i *ciapinabò*, e il "sì" che sussurrò senza più guardarla in faccia fece rabbrividire Sonia.

Suonava come l'ultimo desiderio che si concede a un condannato.

Le montagne in lontananza erano estese e bianche, a malapena distinguibili dal resto del panorama. Da poco i fiocchi a Borgo Loreto non cadevano più, anche il vento pareva intenzionato a concedere una breve tregua. Ma il chiarore immobile che circondava ogni cosa faceva male allo sguardo: nessuno a parte Sonia sembrava voler affrontare il mondo esterno. Non troppo distante, un cane continuava ad abbaiare; forse era Baldo, stanco di tutta quella neve.

Fece scorrere la zip della giacca a vento e imboccò la strada sterrata che conduceva alla cascina dei Savant. Persino l'odore del letame sembrava attutito, come se quel Buran che soffiava dalla Russia stesse spazzando via ogni punto di riferimento. Un passo dopo l'altro, raggiunse il cortile dove Teo e i suoi genitori erano sempre indaffarati a lavorare. Nei capannoni riposavano al sicuro i grandi mezzi agricoli, dalla stalla proveniva il debole muggito delle vacche e il suono di qualche campanaccio. La porta dell'abitazione però era chiusa, le gelosie accostate. Lanciò un paio di urla: "Teo! Teo!" Il suono della sua voce non le piacque, ma rimase speranzosa in attesa. Si augurava che da una finestra si affacciassero all'improvviso il padre o la madre dell'amico, e che magari le dicessero di smetterla di urlare: Teo non c'era, oppure non voleva più vederla. Avrebbe preferito essere sgridata da un adulto burbero anziché ignorata a quel modo.

E se Teo fosse stato allo stalletto dei maiali, sotto la tettoia a frugare nei preziosi bidoni blu, ingozzandosi di merendine? Stava per andare a gettare un'occhiata, quando le tornò alla mente il racconto delle tagliole che il padre di lui aveva sparpagliato nei paraggi: rischiare di ferirsi un piede non era proprio quello che voleva.

Contrariata, fece dietrofront. Ma anziché tornare a casa, decise di incamminarsi verso il centro del paese. Doveva trovare qualcuno con cui parlare. Se fosse andata dalla signora Cilia la nonna l'avrebbe sicuramente vista, e in ogni caso riferire quanto sospettava proprio alla vicina di casa non le sembrava una grande idea.

Percorse via Loreto mettendo distanza fra sé e il borgo, lasciandosi alle spalle nella neve fresca – su quella stessa strada che tante volte aveva attraversato in bicicletta – una serie di impronte. Nell'aria aleggiava come una presenza fisica, tangibile, l'odore di aglio e acciughe: qualcuno stava preparando una *bagna càuda* per cena. Molte famiglie si sarebbero riunite quella sera per festeggiare la vigilia, prima di andare insieme alla messa di mezzanotte.

Sonia non si voltò indietro nemmeno una volta per controllare se la nonna fosse alla finestra; e se davvero era lì a guardarla – si disse –, be', che si godesse pure lo spettacolo di lei che si allontanava. Percepì l'abbaiare del cane sempre più distante, poi anche quello scomparve del tutto e si ritrovò completamente sola.

Il fatto era che nessuno l'avrebbe ascoltata. Tutti, a Lanzo e nei paesi vicini, nutrivano per sua nonna un rispetto direttamente proporzionale al timore che la sua figura suscitava negli animi. Se Sonia avesse cominciato a raccontare quel poco che sapeva l'avrebbero derisa e presa per fanatica, o forse più semplicemente non le avrebbero dato retta. Del resto, oltre al nome della professoressa su un quaderno, non aveva altre prove. Poteva bastare per incolpare nonna Ada?

Qualcosa che veniva verso di lei interruppe la monotonia del paesaggio. Sonia riconobbe il ronzio del motore prima ancora di vederlo comparire: era uno spazzaneve. Le ruote si muovevano lente sull'asfalto, mentre l'enorme lama rosso fuoco spostava blocchi di neve ai lati della strada.

L'omino alla guida del mezzo le rivolse col braccio quello che poteva essere un saluto, o forse le stava dicendo di togliersi di torno. Era intabarrato con sciarpa e cappello, si scorgevano solo gli occhi: impossibile capire chi fosse.

Quando finalmente raggiunse il piazzale della stazione, Sonia pensò che avrebbe potuto salire su un treno diretto a Ceres e ricongiungersi in meno di un'ora ai genitori. Non aveva il biglietto: l'avrebbero multata, ma si sarebbe messa in salvo. La stazione però era chiusa, su questo almeno la nonna non aveva mentito. Di convogli all'orizzonte non se ne vedevano.

Il piazzale intero – dove un grande pino era stato addobbato con ninnoli di ogni tipo, ghirlande argentate e lampadine intermittenti – sembrava disabitato. Una statua di gesso raffigurante la Madonna se ne stava al sicuro nella sua nicchia, il soldato del monumento ai caduti fissava l'orizzonte. Rametti di vischio e alberi di Natale illuminati sbucavano da qualche giardino e sui balconi, ma la gente doveva essere barricata in casa. Le note emesse dagli esausti carillon che decoravano i negozi avevano un che di malinconico. Un merlo solitario zampettava in mezzo al bianco.

All'improvviso le si presentò davanti agli occhi la soluzione che andava cercando. La cabina telefonica. Era mezza sepolta dalla neve, ma spuntava – in cima al tettuccio – l'insegna rotonda con sopra il logo arancione di una cornetta: un'àncora a cui potersi aggrappare. L'altro telefono pubblico si trovava nel bar lì accanto, Sonia però conosceva bene il proprietario, che a sua volta conosceva benissimo suo padre (soprattutto dal giorno in cui la cartiera dove Giacomo Ala lavorava da sempre aveva cambiato proprietà, dichiarandolo superfluo). In ogni caso lei non aveva alcuna intenzione di mettere piede lì dentro, né di farsi ringhiare contro dal suo cane rognoso.

Rovistò nelle tasche e tirò un sospiro quando rinvenne il piccolo portamonete a scatto con disegnate delle papere. Vecchio, con la tela rovinata, era stato il suo primo portamonete; anche se gliene avevano regalato un altro, si ostinava a portarsi dietro quella traccia della sé bambina. Dentro conservava un biglietto del treno obliterato (ricordo di quando era andata a Torino a fare la spesa grossa con la madre), il bottone del cappotto che non aveva mai riattaccato, qualche spicciolo (per un totale di seicentocinquanta lire), il foglietto su cui era solita rubricare le cose più disparate e soprattutto una scheda telefonica mai usata. FISSA IL PREFISSO, recitava la scritta sopra la scheda: ma lei aveva un'ottima memoria e non aveva bisogno di fissare nulla, il numero che in quel momento le serviva se lo ricordava bene.

Un'ambulanza passò rapida sulla strada, e il suono delle sirene la infastidì: qualcuno stava peggio di lei, pensò con una punta di cinismo.

A fatica, liberando con le mani guantate l'ingresso ostruito dalla neve quel tanto che le serviva, entrò nella cabina; la porta a molla si chiuse con un cigolio. Sonia strappò la linguetta della scheda e la infilò nell'apparecchio, poi compose la sequenza di tasti ormai familiare – il numero della stazione di Ceres – sentendosi più leggera a ogni cifra.

Una volta premuto l'ultimo tasto, però, nessun suono provenne dalla cornetta. Possibile che si fosse sbagliata, o che la scheda fosse scaduta? Scartò la seconda ipotesi verificando la data stampigliata sulla tessera, e provò a visualizzare nella mente il numero trascritto sull'agenda della nonna: era sicura che fosse corretto. Eppure anche il secondo tentativo andò a vuoto; forse l'apparecchio dei suoi genitori si era guastato per via del maltempo, e la linea era saltata. Allora com'era possibile che nonna Ada li avesse chiamati quella mattina?

Non perse un istante: sul foglietto che teneva nel portamonete aveva appuntato indirizzo e numero di telefono dei nonni di Katia, la quale come sempre d'estate e d'inverno tornava con tutta la famiglia nel paese vicino a Caserta in cui era nata la madre. Digitò esitante l'ultima cifra, e il segnale di linea libera fu un balsamo per le sue orecchie.

Uno squillo, due squilli. Se aguzzava la vista, riusciva a scorgere lassù in alto la piazza del comune, dove c'era la scuola: un pachiderma addormentato che non le mancava per niente.

"Pronto?" fece al terzo squillo una voce femminile dal marcato accento del Sud. Non era la madre della sua amica, forse una zia.

Sonia raccolse un ampio respiro: non si era preparata nulla, come avrebbe potuto spiegare quanto stava accadendo?

"Chi parla?" domandò la voce spazientita. In sottofondo si sentivano schiamazzi, rumore di stoviglie e qualche risata: Sonia provò a figurarsi un appartamento della sperduta provincia casertana pieno di gente festeggiante.

Sapeva che, se non avesse risposto in fretta, avrebbero riattaccato. "C'è Katia?" chiese. "Sono la sua compagna di banco, volevo... volevo farle gli auguri."

La voce femminile sparì, e dopo un po' di trambusto Sonia riconobbe il tono piacevolmente stridulo della sua amica.

"Che sorpresa!" disse Katia allegra. "Qua siamo a tavola da quattro ore, mi stavo annoiando... Speravo di giocare presto a tombola ma dobbiamo ancora mangiare gli struffoli."

Sonia la prese larga. Le raccontò di quanta neve fosse caduta a Lanzo, parlò dei compiti delle vacanze, dei nuovi video che aveva visto su MTV e del fatto che i suoi genitori si fossero trasferiti a Ceres: "Mio papà ha trovato un nuovo lavoro, e così..." Continuava a infilare una parola dopo l'altra costruendo frasi senza un nesso logico, in un'ansia crescente che non trovava sosta e che poteva essere scambiata per euforia.

"Mi pare quasi che ti sei innamorata," scherzò Katia. "L'ultima volta che hai fatto una telefonata così era per avere il numero di Fabio."

Sonia arrossì, e il silenzio in cui piombò all'improvviso convinse l'altra di aver centrato il bersaglio.

Fabio Gisolo era il miglior amico del fratello maggiore di Katia, un ragazzo più grande di loro che piaceva moltissimo a entrambe. In realtà quel numero di telefono non avevano mai avuto il coraggio di usarlo, ma quando – guardando i film romantici nelle serate fra ragazze – sullo schermo c'era una scena d'amore, tutte e due fantasticavano su cosa si provasse a essere baciate da lui. Fabio di certo non avrebbe morso nessuno, baciando con la lingua.

"No," disse Sonia. Come dotato di vita propria, il ciuffo bianco si liberò e le scivolò davanti agli occhi; lei lo ricacciò in fretta fra gli altri capelli. Da quanto non le capitava più di pensare a quel ragazzo? Aveva interi quaderni riempiti col suo nome e cognome: *Fabio Gisolo Fabio Gisolo Fabio Gisolo...* quasi che scrivendolo cento e più volte di fila avesse potuto materializzarsi accanto a lei.

"Sarà," concesse l'altra.

Anche se omise deliberatamente il suo riavvicinamento a Teo (temeva che Katia non potesse capire, o le facesse una scenata di gelosia), alla fine Sonia riuscì a dirle ciò che più le premeva: "E se mia nonna c'entrasse con l'incidente della professoressa Cardone?"

Ora che l'aveva pronunciata ad alta voce si rendeva conto dell'assurdità della cosa.

All'altro capo Katia ammutolì. Sonia poteva immaginarsela mentre con un dito si sistemava gli occhiali, un tic che aveva sempre quando rifletteva ("Talpa", l'avevano soprannominata non a caso), intanto il contascatti sul display proseguiva il suo conto alla rovescia. Finché Katia esplose in una specie di fischio che voleva essere di scherno: "Ma quando mai, So'?"

Sonia non ebbe tempo di spiegare che non stava scherzando, perché sentì dentro il telefono qualcuno che ordinava alla sua amica di tornare a tavola.

"Devo andare, ma mi ha fatto piacere che mi hai chiamato... Ti spedisco presto una cartolina." E riattaccò.

Era di nuovo in un vicolo cieco. "Ricordati, scimmietta: le forze dell'ordine sono sempre a disposizione quando ne hai bisogno," le ripeteva la mamma. Non poteva saperlo, ma se anche si fosse rivolta ai carabinieri difficilmente si sarebbero occupati di lei: in quel momento, nella caserma non lontana, era appena arrivata l'ambulanza per soccorrere qualcuno che era già morto.

La luce stava declinando sempre più in fretta e lei cominciava a sentire freddo: doveva riuscire a pensare senza che lo sconforto prendesse il sopravvento.

Toc toc. Sonia s'irrigidì: avevano bussato sul vetro della cabina, proprio alle sue spalle. La cornetta che aveva continuato a stringere divenne all'improvviso incandescente e le scivolò di mano, fermandosi penzolante a pochi centimetri dai suoi piedi. Avvertì sotto lo strato di vestiti un rivolo di sudore partire dalla base del collo e scenderle lentamente lungo la schiena. Senza chinarsi, riacciuffò la cornetta raccogliendo il filo con entrambi i pugni come un secchio dal pozzo, e si disse che se l'era solo immaginato – fino a un secondo prima nel piazzale non c'era nessuno.

Ma il suono tornò a ripetersi: *toc toc.*

Sonia socchiuse gli occhi; se lo ignorava sarebbe scomparso. Avvicinò la cornetta all'orecchio, e mentre con un piede tentava di bloccare la porta a molla, finse di parlare con qualcuno: "Oh, davvero? Ti ha proprio detto così?" si sforzò di avere un tono il più possibile naturale. "Oh, no... non sarà vero... Che altro... che altro ti ha detto? Ah, magnifico: è proprio meraviglioso..."

Proseguì con quella pantomima finché davanti a lei, dall'altra parte della cabina rispetto all'ingresso, comparve qualcuno. Era un uomo in là negli anni e dal volto emaciato, che stringeva fra le labbra un sigaro spento. L'aveva visto spesso in giro: oltre a possedere una voce incongruamente giovanile, si distingueva per via dell'inseparabile, elegantissimo bastone da passeggio che teneva appeso a un braccio.

Per molti era il matto del paese, qualcuno diceva che da piccolo sua madre – fuori di testa anche lei – per punirlo gli avesse cavato via i denti sani uno a uno; altri invece sostenevano che un tempo, prima di cadere in disgrazia, fosse stato proprietario di mezza Lanzo. Il suo fare bonario stavolta aveva qualcosa di stizzito: avvicinò all'orecchio il pollice e il mignolo per reclamare l'uso del telefono. Il cuore di Sonia recuperò un ritmo regolare. Per quanto ne sapeva si trattava dell'unico essere umano nel raggio di chilometri, e proprio come lei doveva essere abbastanza disperato: le venne da ridere per il sollievo.

A quel punto fu costretta a uscire, e mentre l'uomo scuoteva la testa imprecando contro i ragazzini che fanno gli scherzi telefonici, Sonia s'incamminò senza una meta precisa.

Chissà dove sarebbe andata quella sera se un Fiorino blu mezzo ammaccato non l'avesse raggiunta poco dopo.

"Siamo stati a mangiare da mia cugina, e poi a vedere il presepe vivente," spiegò Teo con enfasi, seduto accanto a lei sul sedile posteriore.

"Tua cugina la bidella?" chiese Sonia, tentando di ostentare un po' di normalità.

Il Fiorino dei Savant si era fermato quando l'avevano vista passeggiare tutta sola. Dal finestrino l'amico l'aveva salutata con la mano, sorridendo. Il padre di Teo, alla guida, si era rivolto alla moglie dicendole qualcosa. Poi l'uomo aveva abbassato il vetro di malavoglia e ghignando da dietro i baffi aveva deriso la ragazzina: "Cos'è, ti sei persa?" Conosceva bene quel broncio incattivito sul volto di Ettore Savant: era lo stesso che aveva il suo, di padre, quando ritornava dal bar.

Sonia non era stata abbastanza pronta da rifiutare il passaggio, e alla fine era dovuta salire sul furgoncino. Adesso era lì, in trappola dentro un abitacolo che odorava di pelo bagnato. Quando raggiunsero Borgo Loreto, si disse che era ancora in tempo per scappare. Avrebbe ringraziato per la cortesia, facendo gli auguri a tutti, poi avrebbe atteso che il furgoncino sparisse dalla vista e sarebbe fuggita. Magari andando su, verso le montagne, dove nessuno la conosceva: lì qualcuno l'avrebbe aiutata.

Ma nonna Ada era in piedi davanti al cancelletto verde, in attesa come un cane da guardia: le braccia incrociate e il lungo busto leggermente curvo. La stella cometa sopra casa loro scintillava di un viola lugubre.

"Allora buon Natale," azzardò a sproposito Teo mentre l'amica scendeva dal Fiorino trattenendo le lacrime.

Lui intuì che qualcosa non andava solo dopo, dal modo in cui la nonna arpionò le spalle di Sonia. Poi però Ettore Savant fece manovra imboccando la strada in discesa che portava alla cascina, e Teo non riuscì a vedere altro.

Quella stretta era come un uncino. Eppure il dolore fu nulla in confronto a ciò che le disse la vecchia spingendola a forza dentro casa. E cioè che, quando si entra in una stanza di nascosto, bisogna premurarsi di farlo bene.

(SECONDO INTERLUDIO)

Sonia, adoratissima nipote.

Qui dove mi trovo i giorni si confondono, hanno tutti un unico sapore. Un po' come i cibi che mi danno: ogni cosa si impasta in un eterno presente. Devi portare pazienza se questi miei dispacci sono confusi o ripetitivi, ma preferisco ripeterti (o scriverti? faccio sempre confusione, ma sono davvero molto, molto vecchia) due volte lo stesso concetto. Preferisco così, al posto di non dirtelo proprio.

Ogni tanto penso che sarebbe bello ricevere qualche visita, come succede ad altri pazienti più fortunati. Ma ho capito che sono un'ospite sgradita, non posso farci niente. Allora resto da sola la maggior parte del tempo, e cerco di tenermi compagnia come riesco. Per esempio rivolgendomi a te, cara Sonia.

Mi rincresce di dover tornare sui fatti di quel Natale alla fine del secolo, ma sono il mio pensiero ricorrente. Fra i tanti episodi, ce n'è uno che mi tormenta più degli altri: quella volta della camera da letto. Senza dubbio la reclusione è stata un'esperienza tremenda, eppure secondo me in qualche modo è servita... L'idea della canna da pesca, quell'idea lì. Chissà come sarebbe andata la faccenda se le cose avessero preso un'altra piega! A volte mi incapriccio nel cercare il punto esatto in cui il destino ha imboccato una direzione anziché un'altra.

Ci sono dettagli che all'epoca sembravano fondamentali, e invece erano insignificanti. Così succede ai ricordi, quando svaniscono insieme alla coscienza di chi non c'è più. Per esempio mi chiedo che fine ha fatto quel grande baule chiuso a chiave nel bagno al piano di sopra. O quella stanza sempre fredda, che nei giorni della reclusione era diventata improvvisamente silenziosa. E quell'odore, quell'odore... Molti avvenimenti erano come dei segnali che indicavano la via di fuga. Ma io non li vedevo, anzi mi facevano paura. Forse perché avevo addosso l'ombra dell'età più ambigua: quella in cui credi siano minacciose le cose più innocue e viceversa.

Sei mai stata in una baita di montagna? Chissà se esistono ancora, le baite... ecco, quello per me è un ricordo dolce, anche se così lontano. Sapere che fuori si può scatenare l'ira di Dio e starsene comunque dentro, protetti, al calduccio di una stufa. Vorrei che questa stanza fosse una baita, e vorrei che tuo nonno fosse qui.

Mi sento sempre un po' stupida quando piango. Eppure le lacrime insieme al singhiozzo sono la cosa più difficile da fermare... mia mamma diceva sempre che il pianto fa venire gli occhi belli. Se fosse vero io dovrei averli bellissimi, sai? Peccato che non lo so più. Lo specchio del bagno me l'hanno tolto. Troppo pericoloso, dicono qui. Che cosa credono? Io non voglio certo farmi del male o farne a qualcuno, mi è bastato quel Natale. Ecco, alla fine il pensiero va sempre a cacciarsi lì... è testarda come un mulo, la mia memoria!

Certi giorni mi sembra di essere ancora una ragazzina, certi altri mi sento una povera vecchia e basta. Dentro di me si trova qualsiasi età, quella ingenua e quella più matura mescolate insieme. Come accade a tutti.

L'ultimo pensiero di oggi, prima di chiudere il dispaccio, è per il dottor Bruna. Era il giovane dentista che, quando a Lanzo stavano per succedere quei fatti di sangue, aveva in cura Borgo Loreto. Compresa me. Era un uomo buono, di questo sono sicura, che cercava di fare al meglio il suo lavoro. E non era colpevole: alla fine trovarono anche il suo cadavere, insieme a quello della moglie. Spesso le vittime, questo l'ho scoperto tardi, possono diventare carnefici... È una lezione che si impara vivendo, un giorno mi capirai.

Ora è buio, ho terminato da un po' il trattamento e sento che il sonno sta arrivando, dunque è meglio salutarti. Ci tengo però a ripeterti che non m'importa di niente altro se non di te, mia fantastica nipote. Mi rincuora il fatto che noi due possiamo ancora parlarci, anche se divise dallo spazio e dal tempo. Tornerò presto, Sonia, è una promessa.

Come sempre, il mio abbraccio più affettuoso è per te.

Tua

Nonna

SABATO

Lo stradone – Murata viva – L'insegnamento delle faine – Victreebel – Filo diretto

Per quanto si possa tentare di dimenticarli, alcuni momenti della vita emotiva di ciascuno di noi risultano indelebili. Che sia un episodio tremendo o piacevole, un evento gioioso o qualcosa che si vorrebbe cancellare per sempre, il tempo agisce sulla memoria lasciando un segno. Una cicatrice, per costringerci a ricordare – ogni volta che ci si passa sopra il dito – che qualcosa è accaduto.

Questo avrebbero detto Sonia Ala e Matteo Savant, se si fossero potuti osservare da fuori e col senno di poi, commentando il 1996 ormai agli sgoccioli. Non avrebbe fatto eccezione sabato 28 dicembre. Anzi, quella data in particolare – non potevano immaginarlo – avrebbe sancito una volta per tutte la fine della loro innocenza, aprendo un nuovo temibile capitolo. Perché la conclusione di un incubo, in certi casi, coincide con l'inizio di un altro.

Quattro giorni di castigo sono troppi per chiunque. Nemmeno la volta in cui Sonia, qualche anno prima, aveva disobbedito ai genitori – uscendo di nascosto con Katia per andare a vedere il circo a Germagnano – la punizione era stata così severa.

"No, signorina, non ti darò neanche una lira. Perché sai dove finiscono quei soldi?" aveva inveito il padre, in uno dei rari momenti in cui era sobrio. E poi dall'italiano era scivolato al dialetto: "Nelle tasche di quei mezzi zingari che rinchiudono in gabbia delle povere bestie drogate."

Detestava quando lui faceva così, detestava che la chiamasse "signorina", detestava ogni volta in cui le diceva di no; quel giorno però neppure la madre, solitamente più morbida e disponibile, aveva ceduto alla richiesta.

Alla fine Sonia i soldi necessari a pagare il biglietto (per sé e per l'amica) li aveva sottratti dove sapeva che venivano nascosti: nel cassetto più alto dell'armadio, dietro i calzini. Era stata proprio Katia a istigarla al furto: "Figurati se i tuoi se ne accorgono," aveva detto fissandola da dietro i grossi occhiali. E poi subdola, visto che Sonia appariva titubante: "Io per te li ruberei."

Le due avevano fantasticato per giorni su quel pomeriggio, immaginando uno scenario pieno di luci e di emozioni. Lo spettacolo però si era rivelato deludente. Sotto il misero tendone allestito all'ombra di monte Basso, nella piazza centrale di Germagnano, si erano esibiti una coppia di acrobati fuori allenamento, un clown che non faceva ridere, dei cavalli che sembravano malati e un cucciolo di coccodrillo a cui avevano legato le mascelle perché il pubblico potesse accarezzarlo.

Sonia si sentiva doppiamente truffata: dalla sua amica che l'aveva spinta a rubare e dal circo che non era stato all'altezza delle aspettative. "Mio papà dice che quegli animali sono *drogati*," aveva commentato sulla via del ritorno, senza sapere esattamente cosa volesse dire.

A chiunque sarebbe risultato quantomeno curioso apprendere che Giacomo Ala – privo di empatia verso il genere umano tutto – avesse così a cuore la causa animalista. Qualcuno avrebbe potuto malignamente commentare che al bar della stazione, dove lo si poteva trovare spesso, di bestie (se si escludeva il pesante e anziano pastore tedesco del proprietario) non c'era traccia. A patto di non considerare *animali* Giacomo e gli altri perdigiorno che tracannavano bicchieri su bicchieri giocando a pinnacola o parlando a sproposito di politica e calcio.

Quando lei e Katia erano rincasate ormai era l'ora di cena: le rispettive madri avevano scoperto che non era vero – come le figlie avevano raccontato – che un'amica era ospite dell'altra. Avevano già contattato il pronto soccorso e i carabinieri, sentendosi rispondere che probabilmente le bambine sarebbero tornate prima che facesse buio. Così era stato, ma i genitori di Sonia avevano saputo solo in un secondo momento che la figlia era uscita di nascosto lungo lo stradone (chiamavano a quel modo la provinciale, pericolosa perché finché non avessero progettato delle rotonde le auto avrebbero continuato a sfrecciare). E quando si erano resi conto che aveva scelleratamente percorso a piedi la galleria di Germagnano, e che addirittura era arrivata a rubare diecimila lire dal cassetto... be', a quel punto non ci avevano visto più ed era stata la madre stessa a darle una sberla.

Quella sera Sonia era andata a letto senza cena con la guancia che ancora le bruciava, e per tre interminabili settimane le era stato proibito di vedere la televisione o ascoltare i suoi CD. Katia invece, avrebbe scoperto in seguito, aveva ricevuto dalla madre solo una flebile strigliata: l'ennesimo esempio delle ingiustizie di questo mondo. Certo, bisognava riconoscere che i suoi genitori erano separati – un'eventualità che terrorizzava Sonia –, ma questo non significava che potesse ricevere un trattamento diverso dal suo. Per un po', si era detta, non le avrebbe più rivolto la parola.

A nulla erano serviti i pianti e le promesse: Sonia non aveva ottenuto alcuna riduzione della pena. Anzi, chissà cos'altro le avrebbero inflitto se avessero saputo che lei e l'amica si erano comprate anche il gelato. Il prezzo del biglietto del circo era stampato su tutti gli sgargianti cartelloni affissi per Lanzo e dintorni – 1 INGRESSO 5000 LIRE –, ma visto che non erano accompagnate da un adulto, alla cassa avevano chiuso un occhio e fatto entrare entrambe al prezzo di un solo biglietto.

Con il resto le bambine avevano comprato due coni grandi gusto puffo alla gelateria Alpina, per cui saltare la cena non era stato chissà quale sacrificio.

Ma adesso trascorrere quattro giorni reclusa in casa, mentre tutti fuori festeggiavano il Natale, era una crudeltà mai sperimentata. Singhiozzando si era scusata con nonna Ada ogni volta che compariva per portarle in camera da letto i pasti, a mezzogiorno e alle sette e trenta. Sonia aveva spergiurato di non aver visto niente in quella stanza, perché di fatto non c'era niente da vedere: era solo curiosa. "Posso sapere almeno come te ne sei accorta?" aveva chiesto, sicura di non aver lasciato nessuna traccia del suo passaggio. Allora la vecchia le aveva spiegato a mezza bocca che la chiave con il cordoncino dorato appesa sopra lo specchio era sempre rivolta a sud. Sonia, rimettendola al suo posto, l'aveva orientata verso nord.

Nonna Ada a parte questo non aveva detto nulla: depositava il vassoio sul davanzale e chiudeva la porta a soffietto agganciando alla maniglia esterna un lucchetto fissato al muro portante. Sonia aveva provato a far saltare il lucchetto, ma senza successo. Non ci aveva messo troppa convinzione, però, perché temeva che se la porta avesse ceduto la nonna avrebbe potuto punirla in modo ancora più orribile. Del resto ormai diffidava di ogni cosa: il primo giorno di castigo (il 25 dicembre, mentre in tutto il mondo la gente si scambiava regali e auguri) non aveva toccato cibo fino a quando verso sera la pancia aveva preso a brontolare. Un pensiero le aveva fatto visita, assumendo rapidamente i contorni della paranoia. Temeva che quel *fricandò* con patate fosse avvelenato, che contenesse qualcosa che l'avrebbe fatta stare male. O peggio, che un solo boccone potesse sprigionare un maleficio che l'avrebbe spinta a banchettare con la sua stessa carne. Aveva valutato di nascondere il cibo da qualche parte, ad esempio nelle sue ciabatte a forma di maialino. O di buttarlo giù per lo scarico del water. Alla fine l'aveva lasciato lì dov'era, in segno di protesta.

Quando la nonna era arrivata per portarle la cena e aveva constatato che il *fricandò* era intatto, se n'era andata senza lasciare il nuovo vassoio. Così Sonia aveva visto svanire una porzione fumante di lasagne, il suo piatto preferito. E una fetta di panettone Galup come dolce.

Allora era stata presa dallo sgomento, e sporgendosi dalla finestra si era messa a strillare disperata che dovevano aiutarla: era stata rapita e non le davano da mangiare. Ma le strade erano vuote, la gente era in casa a giocare a Monopoli o a rimpinzarsi di *bagige* e mandarini davanti a un film della Disney. Nessuno aveva udito le sue grida. La neve cadeva sospinta dal vento e la stella cometa che lampeggiava dal balcone non poteva fare niente per lei – anzi, nel suo ondeggiare allegro Sonia vedeva quasi uno sberleffo.

Un uguale tentativo aveva fatto spalancando la finestrella del bagno: da lì poteva scorgere il vecchio mulino, completamente imbiancato, e la casa di Sergio e Cilia con le luci accese. "Signora Cilia, aiuto!" aveva gridato con tutta la voce che aveva in gola. "Mia nonna sta male, per favore qualcuno mi aiuti!" Anche mentendo, nessuno era uscito in suo soccorso. Aveva richiuso la finestrella, sconsolata: i fiocchi che le si erano attaccati sul volto si erano mescolati alle lacrime.

Soltanto a tarda notte si era arresa alla fame. Col naso pieno di muco e i capelli arruffati, aveva trangugiato quei pezzi di carne ormai fredda e stopposa; aveva masticato avidamente tutte le patate, comprese quelle meno cotte.

Il mattino dopo, quando aveva provato ad aprire la finestra in camera da letto e poi quella del bagno, si era accorta che per quanta forza mettesse nelle braccia le ante restavano unite. La nonna doveva aver sigillato chissà come le finestre: era murata viva.

Il Natale più cupo della sua esistenza era finito, e anche Santo Stefano se l'era lasciato alle spalle. La mattina del 27 Sonia era sicura che la nonna, impietosita, l'avrebbe finalmente fatta uscire da quella prigione. Ma non c'era stato niente da fare, né lei aveva cercato di fuggire in occasione dei pasti: le toccava trascorrere un altro interminabile giorno identico ai precedenti.

Aveva riletto da cima a fondo tutti i vecchi giornalini che teneva sul comodino, senza trovare alcun sollievo. Sentiva un forte mal di testa per via del pianto che non riusciva a frenare e per la violenza con cui digrignava i denti nel sonno. Da quando era in punizione dormiva senza placca ortodontica, la nauseava il solo avvicinarla alla bocca. Stesa sul letto sfatto, bisbigliava fra sé e sé recitando le preghiere imparate al catechismo, mescolandole alle canzoni dei videoclip che passavano su MTV. Si assopiva brevemente, e nel sonno agitato tornavano a farle visita le parole: quelle mezze frasi prive di logica che forse aveva sentito o forse si era solo immaginata. C'era però una sfumatura diversa, adesso, un'ossessione nuova: e se le parole fossero state in dialetto? Se avessero celato un messaggio da decifrare, lei come avrebbe potuto capirlo? Arrivò a imporsi un fioretto, pur sapendo che – come spesso accadeva – alla prima occasione l'avrebbe infranto: se fosse uscita viva da lì, non si sarebbe mai più mossa col bacino strofinandosi contro le lenzuola.

Si svegliava all'improvviso per ogni rumore (il boiler che si ricaricava, le travi del tetto che si assestavano, un passerotto che cinguettava sul balcone), rendendosi conto che nessuno era venuto a salvarla. Le sembrava impossibile che i genitori non la stessero cercando, impossibile. Chissà la nonna cos'aveva raccontato loro, magari che si era di nuovo ammalata per aver giocato in mezzo alla neve. Forse la madre e il padre erano davvero isolati per via della tempesta, e non avrebbero mai saputo che fine avesse fatto la loro unica figlia. C'era poi un'ipotesi persino peggiore, e cioè che la nonna avesse semplicemente raccontato la verità: Sonia era penetrata nella stanza della *masca*, e si sa che chiunque entra lì dentro deve pagare pegno. Tipo rimanere per sempre rinchiusi in camera da letto, e non rivedere più la luce del sole.

La cosa più strana di tutte però era un'altra. Se di notte appoggiava l'orecchio contro il muro, non sentiva alcun rumore. Neppure quel flebile russare che accompagnava i sonni della vecchia: c'era solo silenzio – quasi nonna Ada non fosse nella camera accanto. Forse dormiva al piano di sotto? Ma per quale motivo?

Finché arrivò sabato.

Quando la radiosveglia accanto a lei segnò le 12.28 udì i passi della nonna salire adagio le scale a sbalzo che collegavano i due piani della casa. E il cuore di Sonia prese a battere più forte.

Sul davanzale c'era il vassoio vuoto: i resti del cibo del giorno prima emanavano un sottile sentore di rancido. Fuori dalla finestra sigillata si esibiva il consueto panorama invernale; ormai che fosse sera o mattina non faceva più alcuna differenza, per lei. Aveva pensato tutta la notte a cosa fosse meglio fare, fino a quando le erano tornate in mente le faine. Con cura aveva valutato i pro e i contro del gesto che intendeva compiere, e si era detta che quella era un'emergenza. Agiva a fin di bene: il suo.

I passi si fecero più vicini, per poi fermarsi davanti alla porta a soffietto.

Immaginò nonna Ada poggiare il vassoio colmo di cibo sul comodino che era stato del marito, ed estrarre la chiave. Quando sentì scattare il lucchetto strinse appena gli occhi: la nonna stava riafferrando il vassoio e si apprestava a entrare.

Nel momento in cui la porta si aprì, scorrendo lungo le guide, Sonia pensò che se lo avesse voluto c'era ancora modo di evitare la catastrofe. Ma durò solo un istante.

Nonna Ada mise un piede davanti all'altro, poi la caviglia destra incontrò un ostacolo. Forse, se non avesse avuto entrambe le mani impegnate, i riflessi sarebbero stati abbastanza buoni da attutire in qualche modo la caduta. Invece la vecchia rovinò per terra senza emettere un lamento, finendo di faccia sul parquet; il corpo rimandò il suono di un ramo secco che si spezza. Il vassoio compì una breve parabola nell'aria: la tazza con le stelle colma di latte si frantumò in decine di cocci, mentre la zuppa di piselli finì contro la consolle imbrattando di verde i gagliardetti del Toro di nonno Delio.

Sonia scattò sulle ginocchia, indecisa se aiutare la nonna lì distesa sul pavimento o se fuggire. Il riflesso di se stessa nei vetri della finestra – la faccia pallida, gli occhi scavati – la convinse a tenere fede al suo piano: l'importante adesso era riconquistare la libertà.

Richiuse la porta, ma la chiave del lucchetto non era nella serratura. Probabilmente si trovava nella tasca del grembiule di nonna Ada, in apparenza svenuta. Sonia aveva imparato dai film che quello è il momento peggiore: quando credi che il nemico sia inoffensivo e invece non aspetta altro che tu ti avvicini per allungare una mano e afferrarti.

Non ebbe il coraggio di verificare alcunché. Pochi secondi dopo stava correndo scalza giù per le scale, come un animale braccato.

Le volte in cui la mamma le raccontava di nonno Delio, si chiedeva quanto i pesci del Tesso fossero difficili da prendere. Se fosse vissuto un po' più a lungo magari lui e Sonia qualche volta sarebbero andati a pesca insieme, e le avrebbe insegnato come far abboccare le trote fario.

Chissà cosa avrebbe pensato il nonno del filo da pesca – riposto con ordine accanto alla canna – che la nipote aveva annodato a un piede del letto e teso fino a raggiungere la valvola di spurgo del termosifone. Certo non era una trappola che avrebbe potuto catturare una faina, si disse, ma neutralizzare temporaneamente una *masca* sì. Lo avrebbe raccontato a Teo, e nel pensarlo le scappò un sorriso isterico che la tradì: il tallone liso di una calza la fece scivolare proprio sull'ultimo gradino della scala. Afferrò d'istinto il mancorrente per non perdere del tutto l'equilibrio, eppure non poté evitare di sbattere la schiena sulle solide assi di legno. Le mancò il respiro per un paio di secondi, ma l'adrenalina la fece subito rimettere in piedi: non doveva fermarsi.

Sotto, in cucina, aleggiava il profumo della zuppa di piselli. A parte quello la situazione sembrava normale. Non c'erano né clienti in attesa né forze dell'ordine pronte ad arrestarla. Zero testimoni. Afferrò la sua giacca a vento appesa alla mantelliera, infilò gli scarponcini e fece per uscire in cortile, però la porta d'ingresso era chiusa. Ricacciò indietro le lacrime: non c'era tempo per disperarsi. Al piano di sopra nonna Ada si sarebbe alzata da terra, magari ci avrebbe impiegato un po', ma una volta che l'avesse raggiunta non si sarebbe più limitata a metterla in punizione.

E se anche le chiavi di casa fossero state addosso alla vecchia? Da qualche parte c'era un mazzo di riserva? Portò le mani alle tempie e si tirò i capelli fino a farsi male, si voltò a destra e a sinistra nella speranza che magicamente il mazzo apparisse. Pensa, Sonia, pensa... E venne esaudita. Erano sulla tovaglia a rombi, sopra il tavolo al centro della stanza. Per un attimo rimase immobile a contemplare il mazzo, incredula. Poi sentì qualcosa sciogliersi dentro di lei: un senso di gratitudine. Finalmente pianse, di gioia. Quello, si convinse, era il più bel regalo di Natale che potesse ricevere.

Ma si sbagliava. Perché la casa di via Loreto 143 l'aveva protetta fino a quel momento da ciò che stava accadendo fuori.

Se c'era una cosa che Teo Savant aveva imparato nella sua giovane vita (spesso a suon di ceffoni), era che non doveva disturbare i genitori per nessun motivo.

Quella mattina si era svegliato tardissimo: erano le dieci passate quando aveva aperto gli occhi. Possibile che non avesse sentito la sveglia? Completamente nel panico, si era alzato di colpo dal letto, strappandosi di dosso il pigiama e cacciandosi dentro ai vestiti in tutta fretta. Ormai il danno era fatto e le botte se le sarebbe prese in ogni caso, ma doveva almeno presentarsi e ammettere le sue colpe.

Toccava a lui, un finesettimana sì e uno no, occuparsi dei lavori mattutini in cascina. E quello era un finesettimana sì – anche perché il ragazzo che dava loro una mano a governare le bestie e pulire le stalle (stipendiato in nero e pagato per i lavori extra con latte, salumi e altri prodotti) aveva dichiarato che fin dopo l'Epifania non ci sarebbe stato. Dunque c'era davvero bisogno delle braccia di Teo.

Messo il naso fuori dalla stanza, aveva però notato una cosa davvero curiosa, soprattutto considerando che i suoi si svegliavano sempre quando fuori era buio: la madre e il padre erano ancora a letto. Lo testimoniavano le scarpe davanti alla porta chiusa della loro camera... Forse la notte prima avevano fatto tardi anche loro, chissà. Teo aveva ripreso all'improvviso colore, insieme al buonumore.

Per carburare al meglio, a colazione si era preparato un caffellatte zuccheratissimo (la recente introduzione del caffè nella sua dieta lo faceva sentire più adulto) accompagnato da un paio di pacchetti da sei di Ringo al cacao, i suoi preferiti. Dopo aver provveduto a sé, era tornato rapidamente in camera da letto per verificare come stesse Victreebel. Da qualche mese, visto il forte abbassamento della temperatura, era molto in ansia per lei.

Aveva appeso il vaso vicino alla finestra, tra l'armadio e la traballante scrivania di compensato dove di solito faceva i compiti quando non giocava di nascosto con il suo 486 (sotto l'albero aveva da poco trovato i floppy di *Quake*, con cui si era allenato fino alle quattro del mattino nel tentativo di contrastare Shub-Niggurath, il supercattivo: motivo per cui forse non aveva sentito la sveglia). Sapeva che Victreebel doveva ricevere calore ma non troppo, e che doveva essere esposta alla luce naturale. La pianta era originaria delle foreste equatoriali del Sudest asiatico, e apparteneva alla famiglia delle *Nepenthaceae* – ma queste cose Teo le ignorava. All'estremità di ogni foglia pendeva un'escrescenza panciuta, con sfumature di colore fra il verde acceso e l'amaranto. Ogni pancia aveva in cima un dischetto simile a un piccolo coperchio: quando era schiuso, dall'interno si sprigionava una sostanza profumata che attirava gli insetti. Una volta che una formica, un ragnetto o una mosca ci finivano dentro, venivano lentamente sciolti da una specie di succo gastrico che li digeriva. Sì, Victreebel era una pianta carnivora.

Il motivo per cui un esemplare di questa insolita creatura del regno vegetale era finito a Lanzo Torinese era semplice: zio

Fortunato, il fratello minore di suo padre. L'uomo aveva un'autofficina poco fuori dal paese; in zona non c'erano concorrenti, dunque prima o poi chiunque avesse un'automobile passava da lui. Per sua stessa ammissione, gli piacevano tre cose: la squadra del Toro, i motori e i viaggi – in quest'ordine. Così, quando Fortunato non era in trasferta per seguire le partite o impegnato nei rally e l'officina era chiusa, faceva lunghi giri intorno al mondo.

Non era sposato, a quanto si sapeva non aveva mai avuto una donna e viveva da solo in una frazione di Lanzo isolata da tutto. Qualcuno – compreso Ettore, il padre di Teo – aveva sparso la voce che il fratello andasse spesso nei posti più esotici per conoscere giovani ragazze (o ragazzi? questo Ettore Savant non l'avrebbe mai ammesso) con cui spassarsela. L'estate prima, di ritorno da una vacanza in Indocina, aveva portato con sé quella bizzarra pianta. Aveva piazzato il vaso nella sua officina, e quando Teo l'aveva vista si era entusiasmato perché era uguale a Victreebel, il suo Pokémon prediletto. Allora Fortunato l'aveva regalata al nipote, disfacendosene senza rimpianti: aveva bisogno di troppe cure.

Come sempre da quando l'aveva ricevuta in dono, anche quel giorno Teo aveva studiato la pianta con occhi attentissimi. Temeva soffrisse la fame: in un cassetto aveva un barattolo di vetro dal tappo forato dove ogni volta in cui riusciva ad acchiappare una mosca le staccava le ali e la conservava in vita il più a lungo possibile per darla in pasto a Victreebel. Ma d'inverno le mosche scarseggiavano, e comunque lo zio gli aveva spiegato che la pianta non andava ingozzata controvoglia, doveva procacciarsi le prede da sola.

Con un nebulizzatore che aveva comprato al negozio di agraria aveva spruzzato un po' d'acqua sulle foglioline e sulle pance. Poi era uscito per mettersi al lavoro.

Dopo essersi occupato con grande scrupolo dei maiali e delle vacche, Teo decise fosse venuto il momento – l'orologio multifunzione Casio che aveva al polso indicava già le dodici – di premiarsi con una bella merendina. Nella sua scorta personale lo attendeva una tortina alla doppia panna con pepite di cioccolato. L'aveva assaggiata una sola volta: ne voleva un'altra per poter apprezzare meglio il sapore. Quel giacimento di prelibatezze era un segreto che aveva condiviso soltanto con Sonia Ala; qualcuno che gli rivolgeva la parola senza giudicarlo per come appariva – ancora gli sembrava incredibile. Chissà poi se si era ripresa: negli ultimi giorni era passata sua nonna a prendere il latte anziché lei, e (su insistenza di Teo, che chiedeva notizie) gli aveva detto sbrigativamente che la nipote era a letto malata.

Pregustandosi lo spuntino, si avvicinò con passo sostenuto alla tettoia, sotto la quale i quattro bidoni blu erano come sempre pronti a offrire tutte le loro meraviglie. Con impazienza sollevò uno dei mattoni che zavorrava il telo di nylon a protezione delle merendine. Ebbe appena il tempo di infilare la mano nel bidone a lui più vicino, quando si accorse dell'uomo.

Se ne stava in piedi, al centro del grande campo ricoperto di neve. Da dove si trovava, Teo non riusciva a capire chi fosse: vedeva solo un puntino in mezzo a tutto quel candore.

Non aveva però dubbi sul fatto che l'uomo fosse completamente nudo.

Si era vestita troppo poco. Anche se aveva la zip tirata su fino al naso, la giacca a vento la proteggeva a malapena dal freddo. Persino il sole sembrava ghiacciato: un disco pallido incapace di offrire conforto.

Appena uscita di casa, Sonia si era istintivamente diretta sul retro, verso la strada vecchia: meglio non farsi vedere lungo via Loreto. Aveva attraversato il passaggio fra le siepi di lauro (la schiena le doleva, presto le sarebbe comparso un bel livido) e adesso si ritrovava davanti al mulino. La casa di Sergio e Cilia era il primo porto sicuro che le era venuto in mente; probabile che a quell'ora stessero per mettersi a tavola.

Costeggiò il lavatoio e spinse sovrappensiero il cancello che dava sul cortile dell'ex fucina, ma si pentì all'istante. E se fossero stati tutti d'accordo? Quando la notte di Natale aveva urlato di trovarsi in pericolo le era sembrato davvero strano che non l'avessero sentita. "Mostri," commentò fra sé e sé. Era così vicina che adocchiando la finestra riuscì a vedere la minuta sagoma della signora Cilia seduta sul sofà intenta a sferruzzare, il cestino del cucito accanto a lei. Attingendo al serbatoio del coraggio (che quel giorno sembrava inestinguibile), decise che doveva capire se era impazzita o cosa.

Capitava spesso che Sonia facesse loro visita senza preavviso, per chiacchierare un po' con la signora Cilia o anche solo per carezzare Baldo. Se vedendosela piombare in casa la vecchia si fosse allarmata, allora sarebbe stato chiaro che nascondeva qualcosa. Se invece l'avesse accolta con il solito sorriso incollato sulla faccia rugosa, Sonia avrebbe preso tempo: poteva sempre trattarsi di una controstrategia. In quel caso, si disse, avrebbe improvvisato.

La porta d'ingresso era aperta. Si respirava quell'odore di polvere stantia che capita di sentire nelle case delle persone anziane. Dal soggiorno arrivava una musica a tutto volume: doveva esserci la radio accesa, Cilia la ascoltava mentre cuciva perché sosteneva che le tenesse compagnia.

Avanzò di qualche passo. "Signora Cilia?" fece a voce alta. "Sono io, Sonia."

Quando raggiunse il soggiorno ripeté il proprio nome sopra la musica, senza alcun risultato. L'apparecchio era sintonizzato come al solito su Radiocupole, che trasmetteva giorno e notte musica popolare e canzoni tradizionali eseguite da pregevoli orchestre di liscio.

Pastorello e pittore di un tempo / c'è urgente bisogno di voi / la Madonna dai riccioli d'oro / ritornate a rifare per noi.

Dal sofà spuntava solo la testa minuscola di Cilia avvolta nel solito fazzoletto piegato a triangolo: pareva concentratissima sul suo lavoro di maglia. E quando finalmente Sonia l'ebbe davanti comprese di aver dubitato invano.

Con le forbici da sarta si era praticata uno squarcio all'altezza dell'ombelico, da cui faceva capolino un groviglio di budella insanguinate. Alcune estremità se le era portate alla bocca, e con sguardo del tutto inespressivo le masticava – neanche fossero le rotelle di liquirizia che regalava a Sonia – mentre le penzolavano umidicce sul mento. Le dita invece erano impegnate in una macabra danza, perché con i ferri da maglia si divertiva a punzecchiare l'ammasso di viscere che aveva in grembo: le trapassava da parte a parte, arricciandole intorno ai ferri senza tradire in volto alcun dolore. Sembrava una bambina che gioca alla piccola sarta, invece era una vecchia che giocava a morire.

Sonia cacciò un urlo, indietreggiando incerta sulle gambe che sentiva sul punto di cedere.

Intanto la radio stava diffondendo le ultime note del valzer: *Filo diretto col Paradiso / dona ai malati un conforto, un sorriso.* Ma Sonia era già fuggita perché potesse sentirle.

Quando Teo si accorse che l'uomo nudo al centro del loro terreno era Sergio, il marito di Cilia, si disse che forse avrebbe potuto aiutarlo. "Non fare mai entrare per nessun motivo gli sconosciuti," era la formula che suo padre gli ripeteva allo sfinimento le volte in cui lo lasciavano in casa da solo. Sergio di certo non era uno sconosciuto: sua moglie veniva a prendere il latte da loro tutti i giorni, ogni tanto la accompagnava anche lui per comprare la toma stagionata. Certo, che fosse nudo lo turbava non poco, forse gli era successo qualcosa di sconvolgente che l'aveva fatto uscire di testa. Una volta aveva visto un documentario che raccontava di gente che, dopo aver subìto un forte trauma tipo per via della guerra, aveva perso la ragione facendo cose ben peggiori che spogliarsi nella neve.

Teo aveva trovato sparpagliati i vestiti che l'uomo si era tolto uno dopo l'altro, tracciando una pista dietro di sé come nella fiaba di Pollicino. Erano stati proprio quelli a permettergli di riconoscerlo, anzi uno in particolare: il basco blu da cui non si separava mai. Li aveva raccolti, e adesso li teneva sottobraccio, scarpe comprese: se Sergio non si fosse rivestito in fretta si sarebbe preso una polmonite – la sua nonna-bis ci era morta, per una polmonite. Teo avanzò nel campo per raggiungerlo, chiamando il suo nome. Era importante che la persona traumatizzata prendesse coscienza di sé, ritrovando la propria identità: questo diceva il documentario.

I glutei raggrinziti, le spalle cadenti e la pelle grigiastra: ormai era a pochi passi da lui. Lo sentiva lamentarsi mentre teneva i gomiti in fuori, all'altezza della faccia; forse stava piangendo per la disperazione di non sapere più dov'era e chi era, e a Teo sarebbe toccato il compito di tranquillizzarlo. Per poi portarselo in casa, svegliando giocoforza i suoi che ancora non si erano visti.

Quando Sergio si voltò, Teo non comprese subito quello che stava osservando. Non riusciva a decifrare nessuna immagine, quasi il cervello si rifiutasse. Si ritrovò a concentrarsi sul pene del vecchio, che spuntava da sotto il ventre flaccido: era molto diverso dal suo o da quello del padre, intravisto di sfuggita una volta mentre si faceva il bagno. Poi fu costretto a rialzare lo sguardo, come se qualcuno gli sollevasse la testa contro la sua volontà.

L'uomo aveva le orbite svuotate: due profondi pozzi neri al posto degli occhi; lungo le guance, copiose lacrime di sangue scuro gli colavano fin sul petto. Teneva la bocca spalancata. Entrambe le mani stringevano una tenaglia arrugginita, con cui si era pizzicato la radice della lingua. Il verso gutturale che lanciava era straziante e comico insieme. Le braccia tese nello sforzo, tirava per strapparsela via, ma quella resisteva salda al suo posto. Era una lingua biancastra, appuntita e sottile: non aveva niente a che spartire con le lingue rosee e grasse delle mucche, le stesse che sua madre ogni tanto cucinava col bagnetto verde.

Cos'è, una mucca ti ha forse mangiato la lingua?, gli aveva detto sfottendolo il perfido insegnante delle elementari, mille anni prima.

Fu uno degli ultimi pensieri di Teo. Il rumore che fece il muscolo quando finalmente si staccò, come di un frutto marcio che cadendo si spappola: quello gli fece perdere i sensi.

LUNEDÌ

Vita futura – L'ultimo sonno dell'infanzia –
Una colazione salata – Bajota – La terza chiave

"C'è una sola cosa davvero utile che puoi fare quando ti viene: tenertelo finché passa," le diceva la madre ogni volta in cui a Sonia prendeva un attacco di singhiozzo. Crescendo, però, aveva iniziato a sospettare si riferisse a molti altri guai dell'esistenza, rispetto ai quali c'era poco da fare. "Comunque," aggiungeva in tono rassicurante, magari perché si era resa conto che la figlia era in preda a qualche ubbìa della sua età, "se conti fino a cento passa *quasi* tutto."

Nelle ultime trentasei ore Sonia non aveva certo sofferto di singhiozzo. Di tempo per contare fino a cento ne aveva avuto a secchiate, peccato non fosse servito a granché. Era riuscita a pensare a tutto e al contrario di tutto. Intanto i suoi genitori: aveva provato a comporre il numero di telefono della stazione di Ceres anche dall'apparecchio scovato nel salotto di casa Savant, dove si trovava ora, ma non c'era la linea. Senza perdersi d'animo, aveva composto le tre cifre che la madre le aveva insegnato essere d'aiuto quando si fosse trovata in seria difficoltà: 118. Di nuovo nessuna risposta. Allora aveva fatto il numero dei nonni di Katia, e poi addirittura quello di Fabio Gisolo (di cui un tempo aveva creduto di essere innamorata), ma senza risultato. Persino il risponditore automatico dell'ora esatta era muto. L'intero paese di Lanzo era isolato: non era possibile contattare nessuno.

Più volte aveva sbirciato dalla finestra che affacciava su via Loreto; da dietro le gelosie chiuse riusciva a scorgere la casa della nonna: pareva che non ci fossero movimenti. Dopo aver preso quella *patela* contro il pavimento, rifletté Sonia, la vecchia poteva anche essere morta. No, morta non le sembrava probabile: ferita, questo sì. Ferita tanto da non poter più uscire di casa? Magari era ancora stesa a terra, in una chiazza di sangue che si allargava, e se lei fosse stata in grado di chiamare un'ambulanza sarebbero riusciti a salvarla... ma poi: voleva davvero che si salvasse?

Il televisore nel salotto dei Savant era coperto da un lenzuolo, come si fa con i canarini quando li si trasporta nella loro gabbietta perché non si agitino troppo. Molte famiglie della zona, una volta che lo schermo TV veniva spento, lo coprivano – un oggetto magico che andava protetto. Sonia aveva provato ad accenderlo, orientando i baffi dell'antenna per captare qualche segnale, ma trasmetteva solo onde bianche e nere su tutti i canali. Neppure Televideo funzionava.

Insomma, le era chiaro che non poteva in alcun modo stabilire cosa stesse davvero accadendo là fuori. Lì dentro, invece, la situazione era inequivocabile: Teo continuava a russare sul sofà senza accennare a svegliarsi.

Era capitato – Sonia cercava di pensarci il meno possibile – che fosse stata proprio lei a dover recuperare suo padre al bar della stazione. Soprattutto nelle sere d'estate, quando il sole non pareva intenzionato ad andarsene oltre la cima delle montagne, le giornate si allungavano a dismisura e ogni cosa dava l'illusione di poter durare per sempre.

All'epoca abitavano nell'appartamento di Lanzo, ed erano ancora una famiglia. Sonia aveva imparato a riconoscere il motore della Punto guidata dalla madre prima di veder comparire l'auto: quel ruggito che faceva quando rallentava imboccando il vialetto le scaldava il cuore. Appena rientrata dall'ufficio, la donna si toglieva gli abiti da lavoro e si scioglieva i capelli. Nell'aria si diffondeva un rassicurante profumo di lavanda: il suo odore. Faceva qualche chiacchiera con Sonia seduta accanto a lei sul divano, a gambe incrociate e piedi nudi. Bevevano tè freddo, si scambiavano racconti e confessioni sulle rispettive giornate, ridendo come due amiche.

"Siamo proprio uguali noi due, sai?" le diceva spesso mamma Sara.

Nella costruzione di questa facile complicità Sonia era a suo agio, intuiva il disegno di un progetto più ampio: la vita futura che scalpitava. Poi la madre iniziava a cucinare gettando di tanto in tanto un occhio all'orologio, nella speranza che il marito tornasse in tempo per la cena. Da quando la cartiera era stata venduta, però, accadeva sempre più di rado.

"Ascolta, scimmietta, hai voglia di riaccompagnare papà a casa?"

Non aveva bisogno di aggiungere altro, "hai voglia" era una cortese e spietata formula magica appannaggio del dialetto. La donna evitava di dire quello che probabilmente pensava davvero: *Vai a cercare quell'alcolizzato di tuo padre*. Il ruolo di Sonia si riduceva a quello del cane da riporto.

La sera, mentre lei era già a letto, sentiva i suoi litigare: discussioni violente che riguardavano sempre i soldi. Quegli scontri finivano immancabilmente con la madre che scoppiava a piangere, cercando di soffocare i singhiozzi. Ma a differenza di alcuni suoi compagni di scuola, che avevano i genitori avvinazzati e si presentavano in classe con dei lividi sulle braccia, o che un po' troppo spesso raccontavano di aver sbattuto il naso contro una porta, Sonia non aveva mai dovuto difendersi fisicamente da lui, e per quel che ne sapeva neppure la madre.

"Tu non faresti mai del male a mamma e a me, vero?" gli aveva chiesto Sonia una domenica, dopo averlo trovato accasciato sul tavolo della cucina al termine di una lite furibonda. Lui a fatica aveva alzato la testa, reggendosela con entrambe le mani: "È il senso del dovere che mi frega," aveva biascicato, gli occhi cerchiati di nero. "Il senso del dovere."

Una volta, le sembrò di capire, il padre si difendeva dall'accusa di aver venduto chissà a chi la collezione di francobolli appartenuta al povero nonno Delio. In altre occasioni Giacomo Ala si limitava a dire: "Ho la ciucca triste," come se questo spiegasse ogni cosa. Sonia pensava fosse molto vero: la tristezza riguardava tutti loro, quando a lei toccava riaccompagnarlo a casa.

Raggiungeva il padre al tavolino del bar, annunciata dalle voci sguaiate dei suoi compagni di bevute – erano sempre i primi ad avvistarla –, che si rivolgevano a Giacomo per dirgli che la sua *cita* era venuta per riportarlo all'ordine. "Ti assomiglia proprio, eh?" commentava qualcuno. "Avete la stessa bocca." Sonia lo prendeva pazientemente per mano, cercando di aiutarlo ad alzarsi dalla sedia senza che inciampasse nelle gambe. L'uomo non opponeva resistenza, e quando si specchiava negli occhi della figlia uno sguardo malinconico gli attraversava rapido il volto. Poi salutava tutti e docilmente si avviava verso casa insieme a Sonia, appoggiandosi alle sue spalle. Qualcuno dietro di loro sghignazzava, qualcun altro bestemmiava, infastidito da quella ragazzina che – intuendo senza capire – era testimone di quei disperati. Persino il pastore tedesco del barista le abbaiava contro.

Anche se Sonia non avrebbe saputo dire i loro nomi, le facce intorno a quei tavolini erano più o meno sempre le stesse. C'era Attilio Coletti, operaio specializzato nella vicina fabbrica di viti: il naso grosso e spugnoso raccontava tutto delle sue abitudini. C'era Sandro Machiorlatti: il suo negozio con la scritta sbiadita RIVENDITA ALIMENTARI era proprio lì di fronte, anche se dopo le cinque quasi mai si affacciava un cliente (e comunque, nel caso, dietro il banco avrebbe trovato sua moglie). Paolo Fiorio Plà era il più giovane del gruppo: gli occhi piccoli, un cappellino a nascondere la chioma unta, il fisico tendente all'obesità, aveva da poco aperto una videoteca in cui non andava nessuno. Alcuni raschiavano con una moneta da 100 lire i gratta e vinci comprati al tabacchino accanto, invocando in una specie di preghiera laica i simboli che speravano di veder apparire sotto la patina argentata: "For-zie-re! For-zie-re! For-zie-re!" Ciascuno di loro era una comparsa dai dettagli fisici intercambiabili, apparentata dai vizi e da un corredo genetico che chissà da quanto non si mescolava col resto dell'umanità.

A quest'ora, pensò Sonia nel salotto di casa Savant con sollievo e inquietudine, saranno tutti morti. Quegli individui che berciavano contro il mondo e contro la vita probabilmente si erano già eliminati da soli: mordendosi, sbranandosi, facendosi a pezzi... Sonia però si rifiutava di immaginare ciò che poteva essere successo ai suoi genitori – l'importante adesso era il presente. L'importante era lei.

"Teo, sveglia," provò per l'ennesima volta, schiaffeggiandogli le guance tempestate di acne. Ma lui seguitava a dormire. Certo, anche Sonia si era riposata, senza però riuscire ad addormentarsi davvero.

Aveva sprangato con facilità la porta d'ingresso di quella casa in cui non era mai stata, poi aveva frugato in cucina finché era

riuscita a trovare un lungo e affilato coltello che sembrava facesse al caso suo. L'aveva impugnato con la destra, affondandolo
un paio di volte nell'aria per collaudare il modo in cui immaginava di difendersi.

Nel salotto era allestito uno scarno albero di Natale: ninnoli
di stoffa, qualche giro di nastro argentato e una striscia di lampadine colorate. Un calendario di Frate Indovino appeso alla
parete. A Sonia non sembrava la casa di una famiglia ricca, come
dicevano tutti, anche se le stanze erano molto spaziose. Aveva
preso posto su una comodissima poltrona in maniera strategica:
da lì riusciva a tenere d'occhio sia l'ingresso (dal piano di sopra,
aveva appurato, non c'era nulla da temere) sia Teo. Aveva son-
necchiato, risvegliandosi sempre in affanno; una volta facendo
un balzo sulla poltrona perché il coltello le era sfuggito di mano
cadendo sul pavimento con un tonfo. Più spesso perché dalle
stalle e dal porcile gli animali lanciavano continui lamenti: come
facevano i Savant a dormire con tutto quel baccano? La notte di
sabato era trascorsa così.

La giornata seguente, invece, le era servita per riflettere sul da
farsi. Terminata la prigionia in casa della nonna, ora si ritrovava
barricata lì dentro: non era un gran passo avanti. Anche se dopo
lo spettacolo a cui aveva assistito nel soggiorno di Cilia non aveva appetito, si era detta che doveva tenersi in forze per affrontare quanto sarebbe venuto. Aveva aperto il frigo, trovandolo
come prevedibile pieno di provviste di ogni genere.

Alla fine aveva cucinato due piatti identici: uova al paletto,
con a fianco una bella striscia di pancetta abbrustolita per beni-
no. Teo si era svegliato soltanto nel momento in cui il profumo
del cibo aveva raggiunto le sue narici, ed era comparso in cucina
a piedi scalzi.

"Finalmente," era sbottata Sonia, poggiando i piatti sul tavolo. "Pensavo fossi in coma."

Lui l'aveva guardata per un lungo momento, poi restando in completo silenzio si era seduto a quello che da sempre era il suo posto: vicino alla finestra. In pochi minuti aveva divorato entrambe le porzioni.

"Avevi fame, eh," aveva commentato lei divertita, sorseggiando un bicchiere di latte fresco.

Ma Teo, come se non l'avesse neanche sentita, si era avviato verso le scale che portavano al piano di sopra.

"Aspetta, aspetta," si era frapposta Sonia con un rapido scatto, anticipandolo di qualche scalino. La schiena, lì dove aveva sbattuto cadendo, aveva mandato fitte di dolore per via del movimento troppo brusco. Poi Sonia l'aveva scortato seguendolo fino al ballatoio, e solamente quando aveva visto che svoltava verso il bagno si era rilassata. Quasi fosse stata la sua carceriera – invece era l'esatto contrario –, era rimasta in piedi a osservare con nervosismo la porta del bagno. Quanti minuti avrebbe dovuto attendere prima di bussare, rischiando magari di trovarlo intento a morsicarsi le dita grassocce neanche fossero würstel? Finché Sonia aveva sentito lo sciacquone.

Solo allora, trovandosela di fronte appena uscito dal bagno, Teo doveva averla finalmente riconosciuta: "Oh, ciao," le aveva detto. Sembrava sorpreso di vederla lì in casa sua, quasi le uova appena mangiate si fossero cucinate da sole.

"Come... come stai?" aveva tentato lei. Provava un misto di ansia e disagio, adesso avrebbe dovuto spiegargli quanto era successo ai suoi genitori. E non sarebbe stato facile.

Ma Teo aveva tagliato corto: "Ho sonno." Sceso al piano di sotto si era risistemato sul sofà – un paio di coperte in cui lei l'aveva avvolto la sera prima, abbozzando una specie di sacco – e si era addormentato di nuovo, soffiando rumorosamente col naso. Che dormisse pure, aveva pensato Sonia pietosa, sarebbe stato il suo ultimo sonno dell'infanzia.

Nel frattempo lei aveva fatto un'ispezione completa della casa arraffando qua e là quello che le sembrava potesse tornare utile; bisognava essere attrezzati. Aveva aperto tutte le porte, gli stipi, i cassetti, tutti i ripostigli che era riuscita a trovare.

Tutte le porte tranne quella della camera da letto dei Savant: già una volta era entrata lì dentro, e le era bastata.

Il lunedì mattina Sonia stabilì che Teo si fosse riposato abbastanza.

Le volte in cui suo padre, ubriaco, non riusciva ad alzarsi dal divano per trascinarsi verso il letto, il metodo messo a punto da lei e dalla madre era infallibile: acqua ghiacciata.

Sonia andò in cucina, e pescò dal lavello un bicchiere cilindrico con decorazioni di anelli rossi e bianchi. Nella casa di Ciriè ne aveva anche lei una collezione, tutta di colori diversi: in origine avevano contenuto la Nutella, poi erano finiti nel servizio di stoviglie di ogni giorno. Dopo aver fatto scorrere l'acqua del rubinetto saggiandola con la mano, riempì il bicchiere fino all'orlo e tornò in salotto.

Contò fino a tre, e versò di slancio l'intero contenuto in faccia a Teo.

Il respiro interrotto per un breve istante, la bocca storta, la fronte corrugata come se ci fosse una mosca fastidiosa. Poi, il viso completamente fradicio, si girò dall'altra parte e tornò a dormire beato.

"No, dài," commentò Sonia ad alta voce. "Così proprio non ci siamo." A quel punto cominciò a pizzicargli i fianchi generosi, finché l'altro dimenandosi riprese conoscenza.

"Quanto ho dormito?" chiese, stropicciandosi gli occhi. Sentiva le membra intorpidite.

"Troppo," fu la risposta di Sonia. "Ma lo sai che russi?"

Anche se le gelosie erano chiuse, la luce entrava nel salotto di casa Savant riverberando il bianco di fuori. Si sentì il rombo di un aereo in lontananza.

"Facciamo colazione?" propose Teo.

Quando l'aveva trovato svenuto nel campo, le labbra viola dal freddo e il corpo mezzo congelato, Sonia aveva temuto il peggio. Al suo fianco c'era un cadavere nudo e martoriato, riverso a faccia in giù. Tutt'intorno, sulla neve fresca, un'ampia macchia di sangue che brillava nel tramonto.

Teo era lì disteso, e se non fosse stato per il massacro a pochi centimetri da lui lo si sarebbe potuto scambiare per un ragazzino che fa capriole nella neve.

Sonia non aveva mai provato una colazione salata: la trovava una cosa divertente, anche se di divertente in quella circostanza c'era ben poco.

"Spiegami una cosa," disse lui mentre si spalmava sul pane un po' di soffice salame di *turgia*. "Mi hai portato in braccio fin qui?"

"Ma va'!" ribatté lei con la bocca piena. Stava gustandosi una fetta di toma, il sapore leggermente amarognolo della genziana sul palato. "Come facevo?" Resasi conto dell'offesa, tentò di raddrizzare il tiro: "Nel senso che io sono una ragazza, e tu sei così…" Lasciò la frase a metà.

L'altro però comprese al volo: "Mamma mi ha spiegato che non sono grasso, sono… lei dice che sono *robusto*."

"Chiaro," chiuse Sonia. Ora che lui aveva nominato la madre, pensò che era venuto il momento di dire a Teo la verità sui genitori. Anzi: le sembrava assurdo che ancora non avesse chiesto di loro. "Comunque no, qui ci sei venuto con le tue gambe, io ti ho solo accompagnato… Qual è l'ultima cosa che ti ricordi?"

Teo raccontò che si era occupato delle bestie, poi era andato verso la tettoia sul retro per prendere una merendina, e in quel mentre aveva visto Sergio al centro del campo. Dopodiché: buio. Si era "svegliato" seduto sul water di casa sua, e uscendo dal bagno aveva trovato lei ad attenderlo sul ballatoio. Tutto quello che gli era successo in mezzo era come se non fosse mai accaduto.

Solamente in quel momento si accorse di essere da solo in una stanza con Sonia – con una *femmina* della sua età: non gli era mai successo. Era lì, seduta nella cucina di casa sua, e se avesse allungato una mano avrebbe potuto sfiorarle i capelli. Per non parlare di quell'accenno di tette che s'intravedeva sotto il maglione... Non se l'era immaginata così, la sua prima volta. Più che eccitato era disorientato. Istintivamente raddrizzò le spalle.

"Non avevo capito fosse Sergio," commentò lei. "È morto, poveretto..." Stava cercando di portarlo da solo alla conclusione più ovvia. "Anche Cilia si è uccisa."

Finché lui all'improvviso lanciò uno sguardo al piano di sopra, gli occhi già lucidi. "Ma allora mamma e papà..." disse.

Sonia fece sì con la testa, poi gli si avvicinò mentre singhiozzava. Rimasero così, abbracciati davanti alla finestra, per tutto il tempo necessario.

Fuori, intorno alla cascina, imperversava una luce fredda e tagliente. Una quiete nervosa avvolgeva Borgo Loreto; ora che il Buran s'era calmato, ogni cosa se ne stava immobile come un set cinematografico in attesa di essere popolato da comparse – o smantellato. Compresa la casa della nonna di Sonia: un pittore che avesse voluto ritrarla avrebbe potuto mettere il cavalletto nel bel mezzo della via, e non sarebbe stato disturbato dal passaggio di niente e di nessuno.

Gli ultimi turisti che avevano visitato le Valli di Lanzo risalivano all'inizio degli anni ottanta, quando le piste da sci – che nei decenni precedenti avevano costituito un'attrazione per i torinesi in villeggiatura – erano ormai dismesse, i prati tornati a fare da pascolo. Col trascorrere del tempo, le rare facce nuove che capitavano da quelle parti erano di persone che si erano smarrite alla ricerca di una trattoria tipica, o di gente di città che voleva ristrutturare una baita (rinunciando in fretta all'idea). Quel dicembre, poi, il paese si era svuotato ancora di più: colpa delle previsioni meteorologiche, che avevano spinto le famiglie a trovare sistemazioni più sicure.

In ogni caso, se per chissà quale motivo un impavido visitatore si fosse trovato a fare una gita in zona, non sarebbe riuscito a vedere molto. Le strade che portavano in alta quota – a Pessinetto, Coassolo, Mezzenile, Rocca e Cantoira: nient'altro che suoni – da settimane non erano facilmente percorribili, e ora erano diventate inaccessibili. Il vento siberiano che aveva straziato Lanzo e dintorni aveva fatto sì che dalla cresta di monte Basso si staccasse una piccola slavina. Non aveva fatto danni (se avesse colpito la centralina elettrica i comuni circostanti avrebbero rischiato di rimanere al buio), ma il crollo era bastato a ostruire la galleria che permetteva l'ingresso al paese. Anche a valle la situazione era tutt'altro che rosea: il vecchio ponte sul Tesso aveva ceduto sotto il peso delle nevicate, e la protezione civile era stata costretta a rimandare i lavori in attesa di un clima più mite. Quel clima però non era mai arrivato.

Lanzo era uno scrigno di neve e ghiaccio, e custodiva gelosamente il suo segreto insanguinato.

Lo zaino di Teo era pieno di graffiti a pennarello, spillette e adesivi, che coprivano quasi completamente la scritta INVICTA. Sonia l'aveva riempito con quello che supponeva potesse servire per fare un sopralluogo là fuori: una torcia, un coltello, qualche succo di frutta Billy, un pacchetto di Tuc e poco altro.

"Prendiamo anche questa," propose lui. In mano stringeva un oggetto nero e giallo, due orecchie tonde a incorniciare un piccolo obiettivo.

"Cosa sarebbe?" chiese Sonia.

"È la Topoclic," spiegò lui serissimo. Si trattava della macchina fotografica allegata a *Topolino*, un oggetto assemblato pezzo per pezzo una settimana dopo l'altra con le uscite in edicola del fumetto. Teo ammise di non aver ancora sviluppato nessuna fotografia, ma le istruzioni assicuravano una qualità eccellente dei ritratti: aveva ancora una decina di scatti.

"Ok," concesse lei scettica, "ma a che ci serve?"

"Sta finendo il mondo e tu non vuoi fare delle foto?"

Non appena uscirono, Teo si rese conto che ignorare quel silenzio era impossibile. Il suo cortile era sempre stato chiassoso, animato. Colto da un presentimento, invitò Sonia a seguirlo.

Andarono verso la stalla, dove di solito già a distanza si sentiva il muggire di qualche vacca che attendeva di essere munta, o il suono di un campanaccio. Fermi davanti all'ingresso, non poterono far altro che constatare l'inevitabile: le bestie erano state toccate dallo stesso destino riservato agli esseri umani.

I poveri erbivori, che con quei denti inappropriati forniti loro dalla natura e il collo così tozzo mai si sarebbero potuti azzannare da soli, erano stati colti da una furia autodistruttiva. Nel tentativo di estrarre la grossa testa incastrata fra i tornelli d'acciaio della rastrelliera, le mucche si erano strappate le orecchie e lacerato il collo in profondità, finendo per morire dissanguate: dovevano aver sofferto non poco, intrappolate nella mangiatoia. E così i maiali, che avendo più libertà di movimento si erano amputati con ferocia le zampe anteriori cercando di divorare se stessi. Ovunque, odore di sangue ed escrementi.

A Sonia fu all'improvviso chiaro il perché di quei lamenti disperati, due notti prima. Chissà come si era propagata quella specie di malattia, pensò, chissà quali tempi di incubazione aveva. E come mai proprio loro – per ora – erano stati risparmiati.

A un tratto udirono un pigolio: c'era qualcosa di miracolosamente vivo, lì in mezzo.

Aprirono lo stalletto dei maiali scambiandosi un'occhiata timorosa, e in quel mentre dalle carcasse maciullate saltò fuori un maialino, ricoperto di sangue ma del tutto in salute. Il piccolo corse loro incontro festante e poi prese a rotolarsi in una pozzanghera di letame; se avesse avuto la coda un po' più lunga avrebbe di certo scodinzolato.

"Ma pensa," commentò Teo. Poi riempì il trogolo con un pastone dall'odore nauseabondo e quello vi si tuffò dentro festante.

Intorno a loro sembrava non esserci nessun altro. Non troppo lontano, protetto da Sonia con un telo di plastica rimediato lì per lì, il cadavere di Sergio a faccia in giù nella neve. La luce ci sarebbe stata ancora per un paio d'ore: se volevano muoversi dovevano farlo in fretta.

"Passiamo per la strada vecchia," valutò Teo. "Così non facciamo brutti incontri."

"Brutti incontri?" La voce di lei tradiva una nota di preoccupazione.

"Te la fai sotto, eh?" ghignò Teo di rimando.

"Io?" fece Sonia chiudendo a grappolo le dita della mano destra, per poi agitare il polso su e giù. "Proprio per niente. Dove si va?" chiese con tono di sfida.

"Tu seguimi."

Dopo essersi lasciati alle spalle il borgo e il torrente, stavano costeggiando quella che gli abitanti del posto chiamavano la Bajota: un avvallamento abbandonato a se stesso fitto di alberi e arbusti, dove ogni tanto faceva capolino qualche fungo. Qualsiasi terreno senza un proprietario, però, diventava spesso una discarica: oltre ai funghi, tra i rovi e le sterpaglie potevi trovare dei vecchi frigoriferi, o un comò di cui qualcuno si era disfatto.

In quelle stesse zone, riflettè Sonia, cinquant'anni prima i partigiani – ragazzi poco più grandi di loro e tra questi anche nonno Delio, come le aveva raccontato la madre – s'erano nascosti in cerca di cibo e di riparo. Ora invece sopra le teste di Sonia e Teo correva la strada asfaltata, insolitamente quieta.

Lui ripensò a tutte le volte che proprio fra quegli alberi aveva giocato a calcio da solo: le raccomandazioni della madre perché facesse attenzione a non farsi male, le urla di gioia che si mescolavano al rombo distante delle automobili quando esultava per un palleggio ben riuscito. Aveva un sapore inedito, la solitudine.

Talvolta lungo il sentiero s'imbattevano in qualche carogna: uno scoiattolo martoriato a furia di rosicchiarsi le zampette, un cane randagio e persino un cinghiale (se lo avessero incontrato vivo, sarebbero stati guai seri). All'ombra di quelle betulle, Sonia ne era sicura perché una volta nonna Ada se l'era lasciato scappare, la vecchia veniva per raccogliere le bacche o le radici per i suoi intrugli. Ma adesso la neve copriva ogni cosa, ed era meglio tenere i pensieri lontani dalle paure.

"Mi vuoi spiegare perché stiamo andando da tuo zio?" chiese lei, stringendosi nella giacca a vento.

Si facevano strada per i sentieri impugnando a mo' di bastone un paio di grossi rami che Teo aveva raccolto da un albero caduto: sempre meglio avere un punto d'appoggio in più, le aveva spiegato.

"Perché secondo me ci può aiutare, te l'ho detto."

Non aveva cuore di dirgli ciò che per lei era lampante: anche suo zio, come tutti, era rimasto vittima di quel putiferio. Temeva di fargli ancora più male; se quello era il suo personale modo di affrontare il dolore, si disse, era giusto non opporsi.

Quando aveva preso atto della morte dei genitori, dopo aver versato lacrime su lacrime e battuto i pugni sul tavolo, Teo se n'era uscito con la più stramba delle frasi: "E se li avessero *scambiati*?" Poi aveva attaccato a raccontare la trama di un vecchio film in bianco e nero visto da piccolo, dove gli abitanti di una città venivano replicati dentro enormi baccelli da alcuni esseri mostruosi, che si sostituivano agli umani prendendo le loro fattezze mentre questi dormivano.

Forse era successa la stessa cosa anche lì in casa sua?, chiedevano speranzosi gli occhi di Teo. Con pazienza Sonia aveva cercato di riportarlo alla realtà. Anche se la realtà, come spesso accade, era altrettanto insensata.

Ora stavano affrontando in discesa una *bialera* prosciugata: era ripida, piena di insidiose lastre di ghiaccio; il sole da quel lato batteva pochi mesi l'anno. Bisognava puntellarsi bene sui bastoni e fare attenzione a non cadere. Se fossero scivolati, disse Teo, si sarebbero ritrovati in fondo alla scarpata con tutte le ossa rotte. Ma Sonia non aveva certo intenzione di mettere di nuovo a repentaglio la sua schiena: accettò la mano guantata di Teo che le stava offrendo sostegno.

"Metti sempre i piedi dove li metto io," le ordinò. E poi, quasi ci fosse un nesso: "Comunque da grande voglio fare come lui."

"Lui chi?"

"Mio zio," chiarì Teo. Teneva lo sguardo basso, per evitare che le lacrime precipitassero giù. "E lavorare solo in officina:

basta con la scuola." In poche ore la sua voce era cambiata, acquistando un timbro più maturo.

"Invece io da piccola dicevo a tutti che volevo fare la priora," confessò Sonia, rivelandogli qualcosa che solo la sua amica Katia sapeva. "Poi ho capito che non è un lavoro vero."

Ogni anno, in occasione della festa della Madonna di Loreto, l'abbadia del paese diventava il centro intorno al quale ruotavano tutte le attività dei lanzesi. Chi si occupava di cucinare, chi di trovare i finanziamenti, chi di coordinare la banda musicale, chi ancora di verificare che ogni cosa potenzialmente pericolosa (dai fuochi artificiali alle giostre) si svolgesse in totale sicurezza.

La figura simbolo era però quella del priore. Vestiti con gli abiti tradizionali, una giovane e un giovane del luogo passavano in coppia di casa in casa per annunciare la festa imminente e raccogliere le donazioni spontanee. Venivano eletti con una cerimonia antichissima: non si trattava di una carica religiosa, ma di un ruolo istituzionale che poteva essere ricoperto dai quindici anni in su.

Fin da quando poteva ricordare, Sonia aveva avuto sotto gli occhi le foto di sua madre ragazza vestita da priora. Un giorno anche lei avrebbe indossato quegli abiti così appariscenti, abbelliti da una grande coccarda appuntata sul petto. Era persino arrivata a raccontarsi che in fondo pure la sua amata principessa Lady D si poteva considerarla una specie di priora, solo più famosa. Sonia non ambiva certo a Buckingham Palace, si sarebbe accontentata di varcare la soglia dell'abbadia di Loreto.

"Ecco, ci siamo quasi," disse Teo con un sorriso euforico.

I prati della Bajota si allargavano in un'ampia radura interamente circondata dai castagni, dando accesso a una frazione di Lanzo di cui Sonia non aveva mai sospettato l'esistenza; un nascondiglio dove ogni tanto Teo amava rifugiarsi. Quel bosco in primavera era di certo uno spettacolo, pensò lei, ma poteva essere tanto fatato quanto stregato.

Senza perdere un istante tagliarono la radura diagonalmente, s'immersero di nuovo nel fitto degli alberi – questa volta procedendo su un terreno piano – e camminarono ancora per quasi un chilometro.

"Tuo zio abita davvero qui?" fece Sonia col fiatone.

Teo dava l'impressione di conoscere ogni tronco, andava a passo sicuro lungo un sentiero che vedeva solo lui – Sonia invece si sentiva nel centro di un labirinto, e faticava a stargli dietro. La zona in effetti sembrava incontaminata, gli alberi allungavano i rami spogli ricoperti di neve disegnando un intrico che non permetteva di scorgere più in là del proprio naso.

Finché all'improvviso, invisibile fino a quando non andarono quasi a sbatterci contro, comparve l'unica traccia di una presenza umana.

La baita in pietra di zio Fortunato aveva un'intera facciata sommersa dal muschio e una latrina esterna. All'epoca in cui quei castagni dovevano essere molto più giovani di adesso era stato un piccolo bivacco. Poi l'incuria l'aveva eroso un po' alla volta, e alla fine era stato abbandonato anche dagli escursionisti. Quando Fortunato aveva rilevato il rudere aveva speso soldi e fatica nel rimetterlo in sesto per farne la sua abitazione (le *lose* del tetto erano saltate quasi tutte), ma adesso la baita dava l'impressione di essere molto solida.

Gettarono i bastoni e lo zaino a terra, Sonia si abbandonò sfinita sui gelidi gradini mentre Teo prese a bussare contro la massiccia porta di legno, chiamando lo zio a gran voce. "Ogni tanto esagera con la grappa," si giustificò quando ottenne solo il silenzio in risposta. Poi fece un rapido giro intorno alla baita, tornando sconsolato dall'ispezione.

Senza arrendersi chiamò ancora, unendo le mani a coppa: "Zio Fortunato, sono io!"

Come previsto da Sonia, non accadde nulla.

La ragazzina stabilì che fosse venuto il momento di mettere la ragione davanti al resto. Ora avrebbe spiegato a Teo che era tutto inutile: gli adulti non c'erano più. Il mondo era diventato un posto vuoto. Ma Teo non gliene diede il tempo, si era già fiondato verso la fioriera di gerani – interamente ghiacciati – che stava su un davanzale. Da lì sotto tirò fuori una piccola chiave e aprì lo sportello di una cassetta delle lettere di ghisa, incassata nella pietra della baita. Dentro c'era un'unica busta con scritto a penna *Vietato l'accesso ai gobbi*. Teo sollevò il bordo adesivo della busta: conteneva una seconda chiave, più grossa, che infilò nella toppa ossidata della porta d'ingresso.

All'interno regnava la penombra, e un odore come di caldarroste.

"Adesso mi dici cosa facciamo?" chiese Sonia. Stringeva gli occhi cercando di mettere a fuoco l'ambiente, sicura che ci fosse un cadavere da qualche parte.

"Dev'essere andato via per Natale," constatò Teo, senza badare troppo a lei. "Vedi che c'è il tavolo apparecchiato?"

"Sì, ma…"

"Fa sempre così quando va in viaggio da qualche parte. Lascia tutto pronto per dei viandanti amici suoi. Oppure per me."

La tenerezza che gli rimodellava i tratti del viso quando parlava dello zio era qualcosa che Sonia, finora, non aveva mai notato. Provò un sentimento simile alla commozione.

Teo fece scattare l'interruttore. Alla luce della nuda lampadina, lei registrò con sollievo che non c'erano morti mezzi mangiati. Ma non c'era comunque granché. L'arredo era spartano: due sedie, un tavolino imbandito alla bell'e meglio, una stufa a legna, un letto a castello e una madia con in cima una radiolina. Ovunque, appese alle pareti, bandierine e sciarpe del Toro, e una gigantografia della squadra nella formazione gloriosa del Grande Torino elaborata graficamente: lo scatto originale era in bianco e nero, in un secondo momento alle divise dei giocatori qualcuno aveva aggiunto il granata della maglietta e il panna dei pantaloncini. Spezzavano la monotonia dell'addobbo alcune fotografie che ritraevano un sempre sorridente zio Fortunato in tuta da meccanico accanto ad automobili dai colori sgargianti, col parabrezza e la carrozzeria inzaccherati di fango e polvere.

Rotondetto, rubizzo, l'uomo era una versione più sgraziata e meno minacciosa del papà di Teo, si disse Sonia studiando le foto. Certo aveva gli stessi severi baffi grigi del fratello, e anche la forma degli occhi era uguale: ma rispetto a Ettore Savant possedeva un'espressione che faceva venir voglia di stringere amicizia.

"Almeno nei rally tifiamo Lancia, e lì vinciamo sempre," commentò Teo con una nota di amarezza.

Ancora una volta lui andò a colpo sicuro: nella parte bassa del letto, occultati dagli orli di una coperta pesante e strategicamente disposti lungo il lato che correva contro la parete, c'erano dei tiretti a scomparsa. Teo frugò in quello in fondo e ne estrasse qualcosa di luccicante. Un mazzo di chiavi.

"Abbiamo finito, qui," disse trionfale.

Richiusa la baita, era ora di mettersi di nuovo in cammino. Procedettero appaiati, questa volta, e per distrarsi dalla fatica ingaggiarono una disputa molto particolare.

"*Piciu*," attaccò Teo con impeto. Aveva dato il via alle danze.

Lei esitò. E poi: "Coglione," fece a voce bassa.

L'obiettivo era capire chi dei due conoscesse più parolacce e insulti, in italiano o in dialetto.

"Testa di cazzo."

"Minchione," sghignazzò Sonia.

"*Ciampornia*." C'era un'inaspettata nota maschilista, in quell'offesa.

Lei decise di arrischiarsi nel piemontese: "*Gadàn*."

Per Teo fu un invito a nozze: "*Cutu, badola, babaciu*," sputò in sequenza. Era convinto di avere la vittoria in pugno.

Bisognava rispondere con qualcosa di altrettanto forte: "*Garula*," venne in mente a Sonia, rimanendo sul dialetto. Ma era troppo poco.

Lui alzò un sopracciglio con sufficienza: "*Falabràc*." Con questo termine così ricercato Teo si convinse di aver assestato il colpo finale.

Non aveva fatto i conti con un altro dialetto, ben più rodato in fatto di insulti. "*Vafammocc a mammeta*," replicò lei trionfale, sicura di stare sbagliando qualche vocale ma certa della potenza verbale messa in atto. Era stata Katia a insegnarle quell'insulto spettacolare.

Teo fu costretto ad ammettere – una volta che lei gli spiegò l'osceno significato, facendolo arrossire fin sopra le orecchie – che non c'era più margine di manovra. Aveva vinto lei.

Camminarono per un bel pezzo in silenzio, il frusciare sintetico delle giacche a fare da contrappunto ai passi. L'unica richiesta che fece Sonia una volta usciti dal bosco fu semplice: c'era un'altra strada per tornare a casa, magari un po' meno difficoltosa di quella dell'andata? Quel giorno Teo sembrava essersi trasformato in un risolutore spontaneo di problemi: ci aveva già pensato, ammise. Il vecchio ponte sul Tesso era la miglior scorciatoia per raggiungere Borgo Loreto, soprattutto ora che la luce del giorno andava affievolendosi.

Ciò che nessuno dei due ancora sapeva, mentre si spostavano verso il torrente, era che il ponte – proprio come sarebbe successo alle loro speranze di lì a poco – era crollato.

MERCOLEDÌ

*Il cielo sopra Lanzo – Notte nella baita – Micilina –
Denti da latte – Vengo a prenderti*

Anche quando sta per arrivare la fine del mondo, ci sono comunque istanti meno significativi di altri. Emozioni vissute con un'intensità minore: il truciolato dell'esistenza.

Chiunque abbia preso parte a un veglione di Capodanno sa quanto bruci in fretta la fiducia che riponiamo in ciò che verrà. Una volta finita la festa, i vecchi problemi non si sono risolti da soli. E il giorno in cui si presenteranno quelli nuovi saremo ancora colti di sorpresa, come animali spaventati dai fanali di un'auto in corsa.

Quando Sonia sentì la prima esplosione erano le undici di sera passate da un pezzo. Sembrava più un rimbombo, a essere precisi: qualcosa successo lontano, la cui eco si era propagata fin lì.

Stava dormendo da qualche ora, sfinita, e quel colpo le fece aprire gli occhi di scatto. Balzò in piedi, cercò di capire dove si trovava. Era sicura di stare sognando le parole, e questa volta – cosa inedita – le sembrava di essere vicina ad afferrarne il senso: se solo non si fosse svegliata proprio in quel momento… Un altro colpo, più forte. Il cuore prese a pompare sangue molto in fretta, mentre un po' alla volta distingueva i contorni familiari del salotto di casa Savant, e la sagoma di Teo che continuava a dormire sul sofà dove poco prima era stesa anche lei.

Senza accendere la luce si avvicinò con cautela alla finestra che dava su via Loreto, piegando il collo in alto e in basso per intravedere fra i listelli della gelosia: i lampioni illuminavano la strada asfaltata, ma non c'era nessun movimento sospetto.

Forse se l'era sognato, si disse.

Poco dopo, un paio di scoppi quasi in contemporanea la costrinsero a strillare.

"Che succede?" chiese Teo senza alzarsi, la voce impastata.

"Non senti?"

Lui in realtà voleva rimanere disteso il più a lungo possibile, in attesa che l'imbarazzante erezione che si era accorto essergli cresciuta dentro i jeans fosse un po' meno evidente.

Fuori, le esplosioni sembravano rincorrersi fra di loro con un ritmo sempre più incalzante. Ogni tanto c'erano interi e lunghissimi minuti di quiete, poi ricominciavano. Non davano l'idea di qualcosa in avvicinamento: erano colpi (c'erano anche dei fischi? difficile stabilirlo con precisione) provenienti più o meno sempre dalla stessa distanza.

"Magari è un temporale," azzardò lui con scarsa convinzione. Adesso erano entrambi contro la finestra, indecisi sul da farsi. Sapevano che, finché fossero rimasti insieme, in qualche modo le cose si sarebbero potute risolvere.

"Non credo, sai? I tuoni di solito scendono giù da monte Basso," spiegò Sonia con puntiglio. "Questi arrivano dalla parte opposta. Anzi, sembrano arrivare... da tutt'intorno." Sapeva qual era la direzione dei temporali che tanto la spaventavano da piccola perché gliel'aveva spiegata nonna Ada, in quella che a ripensarla ora le sembrava una vita precedente. Chissà che fine avevano fatto i suoi genitori, Katia e tutti gli altri... forse lei e Teo erano gli unici due sopravvissuti sulla faccia della Terra.

Qualcuno bussò con forza alla porta d'ingresso: una sola botta che riuscì a spazzare via ogni certezza.

Si allontanarono all'unisono dalla finestra, e quando lei fece per aprire bocca Teo gliela tappò con la mano. Tenendola ferma per un braccio scosse la testa – dovevano stare in silenzio. Un'altra botta sul legno della porta lo terrorizzò: Sonia se ne rese conto perché avvertì il sudore sul palmo di lui. Si liberò dalla presa, indicando la cucina con un cenno del mento.

Teo la seguì, e lei puntò al cassetto delle stoviglie che aveva già saccheggiato qualche giorno prima. Si munirono di alcuni forchettoni per salsicce, lui addirittura estrasse dal mobile forato dove sua madre tirava la pasta un lungo e pesante mattarello.

Più s'intensificavano le esplosioni, più qualcuno sembrava chiedere un rifugio, lamentandosi in maniera accorata. Che ci fosse un ferito da soccorrere, là fuori?

Dalle finestre si riusciva a vedere ben poco, non si capiva se all'ingresso ci fosse qualcuno: l'unica era aprire la porta e accertarsene. Teo si mise a destra, Sonia a sinistra, stringendo la maniglia.

Alzando sopra la testa il mattarello, lui si comportò come aveva visto fare tante volte in TV: "Al mio tre," mimò con la bocca, i baffetti che gli fremevano.

Fecero scattare la serratura, e quando Sonia spalancò la porta accadde tutto molto in fretta: Teo ebbe la prontezza di abbassare il mattarello ma quello che riuscì a colpire fu soltanto il pavimento. Il rinculo sulle piastrelle lo fece cadere lungo disteso, per fortuna il mattarello finì più in là e non lo centrò in pieno. Prima di sferrare il colpo a vuoto aveva visto un proiettile saettare vicino ai loro piedi, senza capire cosa fosse: di certo non aveva le fattezze di un essere umano.

Sonia corse verso il soggiorno, lasciando Teo a terra. In cucina si sentiva un gran baccano, ante dei mobili prese a calci e barattoli che cadevano giù dalle dispense, finché a Sonia scappò di bocca: "Peggy, sei tu!" La voce era emozionata, neanche avesse incontrato una vecchia amica.

Peggy?, si chiese Teo rialzandosi.

Poi, allo scoccare della mezzanotte di quel 31 dicembre, quando i fuochi artificiali dei paesi vicini presero a celebrare con decisione l'arrivo dell'anno nuovo, e le cascate brillanti verdi, rosse e argento dei razzi sparati più in alto s'intravedevano anche nel cielo sopra Lanzo illuminandolo a tratti, dopo essere riusciti (Sonia, a furia di rimpinzarlo) a calmare il maialino che atterrito dalle esplosioni aveva voluto entrare in casa insieme a loro, dopo aver tentato (Teo, grazie alle parole di Sonia) di non pensare *troppo* al fatto che al piano di sopra c'erano i cadaveri dei suoi genitori, una volta stabilito che l'anno appena iniziato era il 1997 – sembrava che quel 1996 maledetto non dovesse finire mai –, incapaci tutti e due di immaginare un altro luogo oltre a quello in cui si trovavano, un luogo che se ne stava al di là delle montagne, dei raccordi stradali, delle tangenziali, dei semafori lampeggianti agli incroci, dei passaggi a livello, dei distributori di benzina, degli autolavaggi e delle tabaccherie dove si poteva giocare al superenalotto oppure acquistare un biglietto della lotteria tentando la sorte, i due ragazzini che invece si trovavano al di qua, intenti a godersi di fronte a una finestra lo spettacolo sempre ipnotico e catartico dei fuochi artificiali, ebbero la certezza che da qualche parte lì fuori in quella notte sperduta e cupa – come soltanto le notti in provincia sanno essere – c'era qualcuno che in quel momento festeggiava, e quindi voleva dire che forse quello stesso qualcuno era vivo e avrebbe potuto salvarli; ecco, per la prima volta da quando tutto era ini-

ziato, solo a quel punto Sonia Ala e Teo Savant si resero conto
che si erano sbagliati. Quell'evento di cui da giorni erano unici
testimoni non sanciva la fine del mondo, ma solo la fine di *un*
mondo: il loro.

"Posso... posso darti un bacio?" trovò finalmente il coraggio di chiedere Teo. La fronte punteggiata di brufoli era lucida,
le guance paonazze. Ma nella penombra di casa Savant questo
non si vedeva, solo il tremore della voce rivelava quanto fosse
nervoso.

Sonia avvertì farsi strada quel leggero sentore di selvatico
che contraddistingueva l'amico. Ma non le diede fastidio, anzi:
quando Teo si chinò verso di lei, sentì un piacevole brivido at-
traversarla. "Prometti di non mordermi," gli disse alzandosi in
punta di piedi già con gli occhi chiusi, prima di farsi avanti con
le labbra.

Nel pomeriggio del giorno prima, sulle rive del Tesso, si erano
messi a piangere: aveva iniziato lui, e subito lei l'aveva imitato.
Tutto quello che rimaneva del vecchio ponte erano due spunto-
ni inservibili carichi di neve, da un lato e dall'altro del torrente.
A ben vedere l'acqua non era troppo profonda e con un po' di
attenzione avrebbero anche potuto provare ad attraversare, ma
quella superficie ghiacciata non prometteva nulla di buono.

Scoraggiati, si erano seduti a terra. Ormai era quasi buio,
non c'era più modo di tornare alla cascina di Borgo Loreto passando dall'altra strada. Certo, avevano una torcia, dei viveri e
qualche arma, ma davanti a quel ponte crollato sotto il peso
delle nevicate entrambi avvertivano la sensazione di aver esau-
rito le forze.

Non riuscivano a smettere di piangere, in preda a una disperazione isterica, quella che coglie quando la stanchezza impe-
disce di ragionare con lucidità. Era stata Sonia, dopo qualche

altro singhiozzo, a proporre di fare marcia indietro per passare la notte nella baita, e così avevano fatto.

Una volta rientrati, si erano liberati dei guanti e degli scarponi pesanti. Teo aveva messo qualche ciocco di legno nella stufa; l'ambiente era piccolo, non c'era voluto molto per scaldarlo. Nella madia avevano trovato una scorta un po' monotona ma parecchio abbondante di cibo in scatola: tonno e funghi, fagioli in umido, acciughe sott'olio e giardiniera. Con i cracker e i succhi di frutta che avevano nello zaino si poteva dare forma a un'accoppiata vincente.

Alla fine, la tavola che zio Fortunato aveva imbandito per i viandanti era stata quella della loro cena improvvisata. Avevano mangiato con gusto sotto lo sguardo implacabile del Grande Torino che sembrava vegliare su di loro.

Le lacrime infantili di poche ore prima erano ormai lontane. Anzi, erano anche riusciti a farsi qualche risata scema, ricordando episodi delle elementari, il nome di questo o quel compagno, quanto era buffo o perfido questo o quell'insegnante. Ogni tanto si fissavano negli occhi restando in silenzio e facevano a gara a chi distoglieva lo sguardo per primo.

"Qual è la cosa più stupida che hai fatto?" gli aveva chiesto Sonia di punto in bianco. Si erano piazzati davanti alla stufa, seduti per terra scalzi. "Quella che non hai mai detto a nessuno."

Era un gioco che aveva letto su un vecchio numero di *Cioè*: dicevano che non puoi affermare di conoscere davvero qualcuno – in realtà c'era scritto "il tuo partner, o chi vorresti che fosse il tuo partner", ma questo lei l'aveva omesso – se quello non ti confida il suo segreto più vergognoso.

Visto che Teo esitava, Sonia si era decisa a confessare per prima. E gli aveva raccontato di quando da piccola, poteva avere cinque o sei anni, la madre dovette andare via un paio di giorni per lavoro. Adorava restare sola con il padre, era ancora l'epoca in cui credeva che – da grande – l'avrebbe sposato lei. La casa, senza mamma Sara, diventava un territorio misterioso in cui poteva avventurarsi per scoprire indisturbata tesori nascosti. Un pomeriggio, mentre Giacomo Ala dormiva (che fosse sbronzo Sonia l'avrebbe capito soltanto molto dopo), la bambina decise di dedicarsi all'esplorazione del sottotetto. L'ultimo piano non era ristrutturato: privo di finestre e balconi, se ne stava esposto alle intemperie. Per raggiungerlo bisognava passare dal ballatoio esterno, salendo su una vecchia scala di legno. Sonia riuscì a guadagnare il sottotetto con facilità, anche se una volta arrivata rimase delusa da quello che trovò: qualche nido di colombo, dei mattoni, una bicicletta scassata, sporte di tela a brandelli e mobili cotti dal sole. Il problema si presentò quando decise di tornare al piano di sotto: appena si affacciò sulla scala capì quanto era in alto. Ed ebbe paura. Nessuno le aveva mai spiegato che per mantenere l'equilibrio è meglio scendere come si è saliti, con il naso rivolto verso gli scalini. Prese un profondo respiro, si fece coraggio. Ma quando poggiò il piede incerta sul primo scalino, e poi sul secondo, si accorse che, nell'intercapedine fra i due piani, da una ragnatela lucente un grosso ragno nero oscillava proprio davanti ai suoi occhi. Fu questione di un istante: alzò un braccio per proteggersi la faccia, perse l'equilibrio e cadde nel vuoto.

Se non fosse stato per i robusti cavi d'acciaio plastificati che correvano lungo il balcone del piano di sotto, e che la madre usava per stendere il bucato, Sonia si sarebbe sfracellata nel bel mezzo del cortile.

Invece i cavi, leggermente allentati dall'usura eppure ancora resistenti, frenarono la caduta e fecero miracolosamente rimbalzare la bambina sul ballatoio. Sonia si ritrovò in piedi, dolorante ma viva. Il padre non si accorse di nulla; lei quella sera non gli parlò della caduta, non pianse neppure, cercò piuttosto di dimenticarsene. Fu Sara – una volta tornata a casa – a scoprire i lividi che attraversavano in parallelo, come due lunghi graffi, un braccio e un fianco del corpicino della figlia. La costrinse a vuotare il sacco, e Sonia fra le lacrime ricostruì in ogni dettaglio l'avventura nel sottotetto. La mamma non la rimproverò, anzi cercò di consolarla. "Siamo proprio uguali noi due, sai?" le disse accarezzandole la testa.

Non ricordava la litigata fra i genitori, che di certo doveva esserci stata (temeva per sé una punizione esemplare, che però non arrivò), e fu così che comparve quel ciuffo bianco in mezzo ai capelli: era il modo con cui il suo corpo voleva ricordarle di essere sopravvissuto alla morte.

"Cazzarola," era stato il commento di Teo.

Quando Sonia aveva aggiunto che ora però doveva andare in bagno perché le scappava, lui si era sentito sollevato: avrebbe avuto un po' più di tempo per pensare. Ma comunque, cosa poteva rivelarle di altrettanto pazzesco? Costernato, l'aveva informata che la latrina fuori dalla baita purtroppo non era riscaldata. Sonia aveva obiettato che non poteva tenerla per tutta la notte, e allora lui si era offerto di accompagnarla.

"Dopo però tocca a te raccontare," aveva fatto lei, infilandosi gli scarponcini.

Erano usciti puntando la torcia nell'oscurità, Sonia si era chiusa dentro il cubicolo e lui era rimasto lì davanti a controllare la situazione.

La latrina, come la casa, era di pietra. Aveva una rudimentale porta di legno sprovvista di maniglia: se proprio si voleva un po' di intimità, c'era una cordicella fissata a un gancio conficcato nel legno, a cui era annodato lo scampolo di un piccolo tubo d'acciaio. Chi faceva i bisogni doveva tirare a sé quel tubo per tenere la porta chiusa. L'interno era dotato di un interruttore a tempo: si ruotava in senso orario una manopola a molla che ronzando per qualche decina di secondi – reputati sufficienti per liberarsi – permetteva di illuminare lo scarico. Sonia era stata costretta a ruotarla almeno quattro o cinque volte, pur di non restare al buio. La puzza di fogna che l'aveva aggredita una volta messo piede lì dentro era nauseabonda, ma non aveva alternative. In una nicchia scavata nella roccia c'era anche, per quanto umido, un rotolo di carta igienica.

Intanto Teo valutava come gli alberi avessero un che di spettrale: i dintorni gli parevano molto più minacciosi delle volte in cui zio Fortunato lo ospitava nella baita, dove lui si sentiva protetto e al sicuro. Adesso era lui, quello responsabile.

Dalla latrina all'improvviso Teo aveva avvertito un suono soffocato. "Tutto bene?" aveva chiesto insospettito, con un filo di voce.

Quando Sonia era uscita, avrebbe voluto rassicurarlo ma proprio non riusciva a smettere di ridere. Oltre alla carta igienica che lo zio aveva comprato chissà dove – composta da strisce di carta bianche alternate ad altre nere –, sulla porta era affisso con delle puntine da disegno un foglio A4 stampato malamente. Il titolo recitava "Preghiera del tifoso granata", e faceva così: *Oh che bello sabato sera / pulirsi il culo con la sciarpa bianconera / oh juventino ciucciapiselli / di tutta quanta la famiglia Agnelli.*

Una volta tornati al caldo, Sonia non gli aveva più chiesto quale fosse la cosa più stupida mai fatta. Entrambi sbadigliavano. Di comune accordo si erano sistemati nel letto a castello: lei aveva scelto per sé il materasso di sopra, Teo si era accomodato in quello di sotto. Senza le giacche a vento ma completamente vestiti, la stufa accesa e una coperta ciascuno, si erano augurati a vicenda la buonanotte.

Sonia però non riusciva a prendere sonno: le assi di legno del controsoffitto avevano delle macchie scure che evocavano figure inquietanti, come di uomini incappucciati. Si sforzava di tenere gli occhi chiusi, ma nel buio dietro le palpebre si agitavano troppi pensieri. Per un attimo aveva valutato di stringere le gambe come sapeva fare, muovendo il bacino per sentire quell'onda di calore, però la rilassatezza necessaria pareva irraggiungibile. Eppure fuori il bosco era silenzioso, alle finestre della baita c'erano le inferriate, la porta era sprangata e Teo – già col respiro pesante, nonostante la promessa di fare la guardia – aveva posato sul pavimento il coltello in caso di emergenza. Se fosse entrato qualcuno, il primo a trovarsi in pericolo sarebbe stato senza dubbio lui. Era un gioco sadico che da bambina, si era ricordata Sonia, faceva sempre quando era lì lì per addormentarsi: nell'eventualità in cui un ladro avesse fatto irruzione in casa loro, la stanza che avrebbe incontrato per prima era quella dei suoi genitori, dunque lei avrebbe avuto un piccolo vantaggio.

Nel mezzo della notte si era affacciata a sbirciare il letto di sotto. Tutto quello che alla luce della luna riusciva a vedere di Teo era un braccio che penzolava fuori dal materasso. Aveva immaginato di scendere, ricavando per sé un posticino accanto a lui, che si sarebbe limitato a bofonchiare qualcosa per poi girarsi dall'altra parte. Fino a qualche tempo prima, se le avessero detto che si sarebbe trovata a desiderare di dormire nello stesso letto con Teo Savant, avrebbe fatto una smorfia. Dopo un po', grazie al pensiero dell'amico addormentato pochi centimetri sotto di lei, era riuscita ad abbandonarsi al sonno con un sorriso.

La mattina successiva, di ritorno dalla baita, lungo via Loreto avevano avvistato un paio di cadaveri distesi a terra. Senza cambiare direzione – sebbene camminare sotto i festoni natalizi stridesse terribilmente – avevano scelto di girare al largo, preferendo non indagare su chi fossero quei malcapitati.

Finché Sonia non si era imbattuta in un ammasso di pelo color ruggine addosso a un fosso, sporco di sangue.

"Baldo!" Era scoppiata a piangere. Il povero cane era riuscito a liberarsi chissà come della catena ed era corso fin lì – pochi metri dal mulino di Sergio e Cilia –, dove amputandosi le zampe anteriori e squarciandosi il ventre a furia di mordere aveva incontrato la sua fine.

Sonia si era chinata sul corpo dell'animale e lo aveva fissato a lungo – neanche il suo sguardo commosso potesse riportarlo in vita. Era qualcosa che le veniva strappato via, qualcosa che aveva considerato suo da sempre e per sempre: ora però non le apparteneva più. Come scoprire all'improvviso che Babbo Natale non solo non è mai esistito, ma che per tutto il tempo chi lo ha impersonato è solo un povero ubriacone. Tipo suo padre.

Teo l'aveva lasciata piagnucolare per un po' prima di trascinarla via. "Io magari russo," aveva detto a un certo punto, tentando di distrarla. "Ma guarda che anche tu di notte fai un bel casino."

Lei aveva preso fiato tra i sospiri: "In che senso?" Sapeva benissimo a cosa si stava riferendo.

"Stanotte mi sono svegliato perché sentivo un rumore strano. Pensavo fosse qualche bestia che voleva entrare nella baita, invece eri tu che scrocchiavi forte i denti." Aveva abbozzato una risatina: "Sembravi una segheria."

D'istinto Sonia si era portata una mano alla mascella, massaggiandosela lì dove da giorni (non indossando più la protezione della placca ortodontica) sentiva l'indolenzimento. "Ho il bruxismo," aveva dichiarato tirando su col naso, orgogliosa di conoscere il nome esatto del suo problema. "Non è colpa mia."

Di fronte a quella parola sconosciuta Teo non aveva più commentato. Si era consolato pensando che almeno era riuscito a farle dimenticare per qualche istante i brutti pensieri.

Ma non era così, perché una volta raggiunto il civico 143, poco prima della curva che portava alla cascina, Sonia se n'era uscita con un "Io devo vedere".

Allora lei e Teo avevano riaperto il cancelletto verde, osservando da fuori la casa di nonna Ada come se fosse la prima volta: la porta e le gelosie erano chiuse, tutto era silenzioso. Teo non capiva perché l'amica si incaponisse tanto. Ma cosa sperava di vedere? Ormai anche lui aveva compreso che nessuno, a parte loro due, era stato risparmiato.

Avevano attraversato il cortile stando l'una accanto all'altro, Sonia guardinga come non mai. L'orto, le siepi ghiacciate, il pergolato e persino il pupazzo di neve rimasto incompiuto: sembrava che Sonia avesse finito di giocare lì un minuto prima. La recinzione del pollaio era aperta; chissà che fine aveva fatto Silvestra, per non parlare della faina che aveva sterminato le sue compagne. Il cumulo di terreno nell'angolo garantiva che la tartaruga – almeno lei – continuava a riposare, ignara di tutto.

A Sonia era però bastata un'occhiata al garage per trovare conferma dei suoi timori. Dalle finestre, dietro le tende di pizzo, nessuno di certo li stava osservando. Perché il garage era inequivocabilmente vuoto: il Motorella di nonna Ada non c'era più.

L'anno nuovo era arrivato persino a Borgo Loreto, eppure ogni cosa sembrava identica a se stessa. Le montagne, distanti, brillavano gloriose. Anche la cascina dei Savant si lasciava placidamente accarezzare dal sole, assecondando la perfezione che la luce raggiunge alcune mattine.

Ma non tutto era identico, adesso, per Teo e Sonia. L'imbarazzo di tornare a guardarsi negli occhi, dopo essersi svegliati abbracciati sullo stesso sofà, era nulla in confronto alle impellenze corporee. Il turno di Teo in bagno gli servì soprattutto per strofinarsi bene i denti: lavorò di spazzolino, e poi masticò una dose aggiuntiva di dentifricio, convinto di avere l'alito cattivo (qualcosa di cui non si era mai preoccupato, prima di allora). Aprì strategicamente tutti i rubinetti quando si sedette sul water, nel tentativo di attutire i rumori molesti, poi spruzzò un deodorante al pino silvestre per scacciare ogni odore residuo. Guardò il suo riflesso prima di uscire: davvero aveva quella faccia, uno che ha limonato?

Quando toccò a Sonia chiudersi in bagno per fare i bisogni e sciacquarsi un po' – quant'era che non vedeva una doccia? fece scattare le mollette a forma di farfalla: i capelli le si erano appiccicati in ciocche unticce –, solo allora il pensiero tornò al mondo di prima. Le sembrava impossibile che gli avvenimenti di quegli ultimi giorni fossero reali. Ciò che era accaduto non era accaduto sul serio a lei, ma a qualcuno che le assomigliava moltissimo. La vera Sonia Ala non era quella nello specchio, ma se ne stava da qualche parte a leggere giornalini e bere latte col Nesquik nella sua tazza blu con le stelle, ad ascoltare musica ricopiando sul quadernone ad anelli i testi in inglese delle canzoni che più le piacevano, a giocare con Guendalina sui prati allungandole pezzetti di carota, a girare con la sua mountain bike spingendosi lontana il più possibile da quella che pretendeva di essere chiamata verità.

Un mostro rosa-violaceo dalle fattezze umane, con un moncone di spina dorsale al posto delle gambe, era intrappolato su quello che sembrava un tavolo da tortura. Il cranio gli era stato scoperchiato, esponendo alla vista la materia cerebrale. Ma la cosa peggiore erano i ferri che gli perforavano la testa e la bocca, trapassandolo da parte a parte: l'espressione di dolore (e di stupore) rivelava il fatto che la creatura fosse ancora viva.

"E quello schifo cosa sarebbe?" domandò Sonia arricciando il naso.

"La felpa portafortuna che mi ha portato mio zio dall'Inghilterra," rispose Teo con fierezza. La scritta IRON MAIDEN campeggiava sopra la calotta cranica del mostro.

Sonia si limitò ad alzare gli occhi. Da quando erano tornati in casa di Teo, lei era riuscita a evitare che l'amico andasse
nella stanza da letto dei suoi genitori – l'odore che si avvertiva
passando davanti alla porta era inequivocabile –, ma quel mattino non gli aveva potuto impedire di entrare almeno in camera
sua. Doveva innaffiare una certa pianta dal nome buffo, sennò le
aveva detto che sarebbe morta di sete. E una volta uscito si era
presentato con addosso quella felpa davvero disgustosa.

"Ripassiamo il piano, piuttosto," disse Sonia pragmatica.

"Sì, però insieme facciamo merenda," propose Teo.

"Se abbiamo appena fatto colazione!" protestò lei. Ma di fronte al gigantesco budino al giandùja estratto prontamente dal frigorifero chiese se per favore poteva avere anche lei un cucchiaino.

"Cos'è questo sapore?" fece infastidita al primo assaggio.

Lui capì al volo: "Ci mettiamo sempre un po' di amaretto,
nell'impasto."

Sonia non poteva sopportare nulla che, anche alla lontana,
contenesse dell'alcol. Lasciò perdere il dolce e riepilogarono insieme i passi da compiere.

Teo aveva recuperato il mazzo di chiavi dalla baita con in
testa un'idea ben precisa. Sua cugina Mariuccia, che faceva le
pulizie a scuola e in comune, teneva sempre una copia di riserva da zio Fortunato. Era un posto sicuro, sosteneva la cugina,
lì nessuno si sarebbe sognato di cercarle. Una di quelle chiavi
apriva i cancelli dell'Istituto comprensivo statale Luigi Perona,
dove la professoressa Cardone – nessuno aveva più avuto notizie
certe di lei dopo il ricovero nell'ospedale di Germagnano – era
stata la prima a mangiarsi viva. Forse a scuola, aveva suggerito
Teo, avrebbero scoperto qualcosa sulla faccenda.

Sonia finora aveva taciuto all'amico un'informazione prezio-
sa, lasciando intendere che sua nonna fosse morta come tutti gli
altri. Ma anche lui doveva sapere.

"Sai cosa sono le *masche*?" gli chiese.

Teo dava cucchiaiate decise al budino: "Boh, delle specie di streghe?"

Lei scosse la testa: "Le streghe non esistono, le *masche* sì."

Gli raccontò del quaderno rosso trovato nella stanza segreta di nonna Ada, del castigo, della trappola col filo da pesca e infine della fuga. E lui a quel punto si illuminò: disse che in soggiorno, dove la madre faceva accomodare i rari ospiti in visita ai Savant, c'era qualcosa che forse poteva fare al caso loro. Impilato fra vecchie guide TV, una Bibbia mezza sgualcita, alcune VHS, qualche numero di *Dylan Dog* e di *Vita in campagna*, Teo sfilò un libretto intitolato *Fantasmi di oggi e leggende nere del Piemonte*.

"L'avevo usato per un tema," quasi si giustificò tornando in cucina, il cucchiaino ancora in mano.

Sonia esaminò il libro con attenzione. Si trattava di una raccolta di scritti su misteri irrisolti legati a fenomeni accaduti centinaia di anni prima, che nel tempo avevano alimentato alcuni miti di cui ancora si parlava. Un bosco di pioppi dove la gente spariva, una villa dove si sentivano le urla di un bambino, ma soprattutto il processo avvenuto intorno al 1500 nel Roero a una presunta *masca*.

Mentre Teo continuava a gustarsi il dolce al cioccolato, lei lesse ad alta voce quella pagina.

Il nome di battesimo era Micaela Angiolina, detta Micilina – una donna accusata di aver stretto un patto col diavolo, il quale le aveva permesso di liberarsi del marito. Non soltanto: aveva rivoltato l'osso di un piede a un ragazzino dispettoso semplicemente toccandolo, deturpato il viso di una giovane donna facendole crescere degli orridi peli fin sotto gli occhi nel volgere di una notte, fatto scoppiare il cuore al fornaio del paese con un solo sguardo. Venne impiccata a un noce, e il corpo fu bruciato: ma la sua maledizione, secondo il racconto, ancora oggi continua a tormentare gli abitanti della zona. Il libro suggeriva che non tutte le *masche* agiscono con scopi maligni – alcune al contrario sono buone – e concludeva dicendo che è molto difficile sconfiggerne una. Purtroppo però non dava suggerimenti su come fare.

"Oltre a questa Micilina chissà quante altre ce ne sono state, qui in Piemonte," disse Sonia. "O ce ne sono ancora."

"Non crederai che tua nonna..." fece lui, e impallidì. La sua espressione era simile a quella del mostro stampato sulla felpa.

Del budino non restava più traccia. Solo molti giorni dopo Teo si sarebbe reso conto di aver spazzolato, senza pensarci, uno degli ultimi piatti preparati dalla madre.

"Non lo so. Però hai sentito anche tu, no? Qui dentro," e Sonia batté le dita sulla copertina bianca e blu, "c'è scritto che quando le *masche* cominciano un lavoro fanno di tutto per portarlo fino in fondo."

Era tempo di uscire.

Adesso per loro sarebbe venuta la parte più difficile, perché fino a quel momento si erano divertiti facendo i piccoli esploratori. Insieme avevano vissuto un gioco avventuroso, che non implicava rischi concreti. La zona più oscura, quella a stretto contatto con la loro anima, dovevano ancora indagarla.

"Che ne facciamo?" chiese Teo indicando il maialino. Non si staccava più dai loro piedi: di tanto in tanto Sonia gli allungava una merendina pescata da uno dei bidoni blu, e l'animale la inghiottiva così in fretta da dover stare attenti che non le staccasse un dito.

"Se Peggy vuole unirsi a noi è la benvenuta," osservò lei.

Così, alle nove e mezza di mattino del primo gennaio 1997, s'incamminarono verso il paese. Chi li avesse visti insieme, zaino in spalla, avrebbe pensato a due ragazzini (più una mascotte d'eccezione) che stanno andando a scuola. Proprio lì erano diretti: nel centro esatto del caos, dove tutto aveva avuto inizio.

Quando si imbattevano in qualche corpo sventrato, riverso sulla neve ghiacciata nelle posizioni più disparate, per il maiale era un richiamo incontrollabile: ficcava goloso il muso dentro ogni carcassa umana, dando il voltastomaco a Sonia e Teo.

"Ma secondo te come mai a noi non è successo?" chiese finalmente Teo, mentre costeggiavano il campo da bocce.

Lei increspò le labbra: "Tu hai paura del dentista?"

"Come?" disse Teo, stringendosi nelle spalle per il freddo.

"Il dentista," accennò Sonia con un brillio obliquo negli occhi. "A me non piace per niente farmi visitare dal dottor Bruna."

Teo avrebbe voluto spiegare che per lui andare a tagliarsi i capelli era molto peggio che farsi rovistare in bocca. Quando il barbiere gli accorciava i ciuffi era infastidito al limite della sofferenza, perché non sopportava di vedere il suo aspetto cambiare tanto in fretta davanti allo specchio. Se invece il dentista gli ispezionava il palato non provava nausea, né sentiva chissà quale dolore quando gli estraeva un dente guasto. E poi c'era una specie di ricompensa in sospeso: il giorno in cui avrebbe tolto quell'apparecchio, così gli aveva promesso il dottor Bruna, il suo sorriso finalmente sarebbe stato perfetto.

"Che c'entrano i denti?" si limitò a chiedere.

"Se la gente si mangia," rifletté serafica Sonia, "i denti c'entrano per forza."

Del resto, rispetto all'età media erano davvero poche le persone con la dentiera a Borgo Loreto: Teo ci aveva fatto caso?

No, non ci aveva mai badato.

Considerato il posto in cui aveva lo studio, il dottor Bruna era persino all'avanguardia. Scoraggiava l'uso di protesi, invitando i suoi pazienti a tenersi stretta la propria dentatura il più a lungo possibile. Nonna Ada, Sergio, Cilia e tutti gli altri abitanti di Borgo Loreto avevano sempre sfoggiato un sorriso naturale, che a ripensarci ora splendeva di una luce davvero sinistra.

"E tu credi che tutto questo casino sia colpa del dottor Bruna?" domandò lui.

"Ma no, povero, avrà fatto una brutta fine anche lui…"

In effetti quella che aveva tutte le caratteristiche di un'infezione si trasmetteva con dinamiche poco chiare; bisognava tirare a indovinare. Dopo il primo caso era passato più di un mese prima che qualcun altro si ammalasse. Poi all'improvviso aveva iniziato a diffondersi rapidamente: sia Sonia sia Teo erano venuti in contatto con dei malati, eppure a loro non era successo nulla. Che fossero immuni per qualche motivo?

Lei non mollava: Lanzo era un posto da *vecchi* – quando si è adolescenti anche chi ha vent'anni lo è –, su questo erano entrambi d'accordo, vero?

Teo fece sì con la testa: appena raggiunta la maggiore età gli abitanti facevano di tutto per andarsene. Lui ogni volta pensava che da grande, invece, gli sarebbe piaciuto restare.

Dunque, proseguì Sonia, durante quelle vacanze di Natale i pochi loro coetanei che abitavano a Lanzo – ne riuscirono a contare soltanto un paio – dovevano essere altrove. Tipo Katia, tornata al Sud dai nonni. Se ce ne fossero stati altri sarebbero sopravvissuti come loro, che secondo lei si erano salvati perché – spiegò orgogliosa – in bocca avevano ancora dei denti da latte.

"Uhm, e con lui come la mettiamo?" chiese Teo indicando l'animale che li precedeva, unico superstite della cascina Savant. Il maialino trottava allegro in avanscoperta, grufolava un po' in giro e poi si voltava per verificare che i suoi nuovi amici non l'avessero abbandonato.

"A parte che è una *lei*," precisò Sonia, "e comunque i maiali non hanno i denti?"

"Sì certo," fu costretto ad ammettere Teo.

"Peggy è ancora un cucciolo, come noi."

In piemontese c'era un gioco di parole che non faceva ridere nessuno, ma che qualche ragazzo più grande delle valli – durante le serate noiose, dopo varie birre e un paio di canne –, tirava fuori puntualmente credendo di essere spiritoso. "Cosa dice il morto al becchino? *'Ka-ma-sutra.'*" Ovvero, in dialetto: *Che-mi-seppellisca.*

Ora che Lanzo si era tramutata in un cimitero a cielo aperto, in un'enorme fossa comune, il becchino avrebbe dovuto lavorare a tempo pieno. Ma anche il becchino, a sua volta, doveva essere sepolto da qualcuno.

Ogni appartamento di Lanzo celava chissà quanti morti, le strade erano uno spettacolo insostenibile: nelle automobili parcheggiate c'erano cadaveri che esibivano le loro interiora, e così dai balconi, dalle finestre. Qualcuno si era autodivorato sul marciapiede o nel cortile di casa, nei modi più curiosi e cruenti che si potessero immaginare.

Quando Sonia e Teo passarono davanti all'abbadia di Loreto, si resero conto che persino il prete era morto come tutti gli altri: disteso sul sagrato con indosso la tonaca pareva un sacco dell'immondizia. *Templum hoc domum Lauretanam refert ubi redemptio generis humani exordium habuit*, recitava la scritta sulla facciata del Seicento. La redenzione, però, non era arrivata nemmeno per lui.

Percorrendo fino in fondo via Loreto si finiva dritti dritti alla stazione ferroviaria, dalla quale i treni della linea Ciriè-Lanzo avevano smesso di transitare da un pezzo. I manifesti pubblicitari delle campagne elettorali e delle esibizioni di gruppi musicali locali riflettevano la desolazione dei dintorni. Il soldato in divisa del monumento ai caduti fissava l'orizzonte, come sempre, ma all'orizzonte non c'era un bel niente: il bar frequentato da Giacomo Ala e dalla sua combriccola sembrava chiuso da un secolo, così come il tabacchino e il chiosco dell'edicola. Il consueto rumore di traffico, chiacchiericcio e umanità che animava quell'angolo di mondo era scomparso. Se si fossero concentrati, Sonia e Teo sarebbero riusciti a sentire nel petto il suono dei loro giovani cuori.

Una volta raggiunto il centro del piazzale, dove il grande pino addobbato a festa si stagliava alto su di loro, si guardarono negli occhi come per accordarsi telepaticamente. Sapevano bene che il percorso più rapido per arrivare a piedi alla scuola – nella piazza del comune, che dall'alto sovrastava tutta Lanzo – era quello delle *chintane*. Si trattava di una serie di strette viuzze risalenti al Medioevo composte da gradini usurati dal tempo e dai passi, talvolta sormontate da archi, che si incrociavano e si ricongiungevano lungo il centro storico. In quel dedalo generazioni di adolescenti si erano appartate per pomiciare, bere e fumare. Quando si voleva fare *schissa* e non andare a scuola, non c'era posto migliore per nascondersi di quegli antichissimi cunicoli.

"Passiamo di qua," propose Sonia. Conosceva quella *chintana* per averla percorsa molte volte insieme alla madre: costeggiava il negozio di alimentari dei Machiorlatti, si avvoltolava su se stessa come un'edera e spuntava proprio alle spalle della caserma dei carabinieri. Da lì, raggiungere la scuola era questione di pochi metri.

Di tanto in tanto i gradini si interrompevano lasciando spazio ai sampietrini, sui quali il sole feroce di quel mattino scioglieva il ghiaccio formando rivoli grigiastri. Dagli spiragli tra le case si intravedeva l'ultimo baluardo rimasto in piedi della trecentesca cinta muraria: la Torre di Challant, riconvertita in biblioteca comunale. La merceria, il panificio e le altre minuscole botteghe che incontrarono lungo il percorso esibivano insegne fuori moda, che testimoniavano quanto passato si fosse avvicendato fra quelle pietre.

"Non senti anche tu un rumore?" chiese Teo all'altezza di piazza Gallenga.

"Che rumore?"

Lo sgocciolare dell'acqua era l'unico suono intorno a loro.

"Non so," disse lui. E si grattò la fronte, come se un forte prurito lo avesse colto all'improvviso. (Ci siamo baciati, adesso stiamo insieme sì o no?, si ritrovò a pensare, generando a cascata altri dubbi. Forse ha già un ragazzo, e non me l'ha detto. L'avrò baciata bene? Vorrei che mi trovasse bello, almeno lei. Ti vuoi mettere con me, Sonia Ala? *Vengo a prenderti*, diceva una voce lontana: ma non riusciva a distinguerla dagli altri pensieri in tumulto.)

Solo dopo aver conquistato la cima – da lassù, se avessero voluto, avrebbero potuto contemplare il panorama – si resero conto che Peggy aveva scelto di non accompagnarli: era rimasta a gironzolare per le *chintane* in cerca di chissà cosa. Meglio per lei, pensarono Sonia e Teo senza dirselo; ormai era chiaro a entrambi che diventare grandi significa imparare a dire addio.

Nel momento in cui raggiunsero l'Istituto comprensivo statale Luigi Perona l'orologio di Teo segnava le 10.10.

"Non ci sono le strisce," osservò lui deluso.

A volte Sonia aveva l'impressione che lei e il suo amico parlassero due lingue diverse: "Che strisce?"

"Ma sì, come nei telefilm: mi aspettavo, che ne so, i nastri gialli davanti alla porta…"

"Vabbè," fece lei, sbrigativa. "Queste chiavi, piuttosto?"

A quel punto Teo estrasse il mazzo recuperato nella baita, facendolo oscillare trionfante davanti al naso di Sonia. Dovettero andare per tentativi: ci volle un po' prima di trovare la chiave giusta.

Nonostante la luce che pioveva generosa dai finestroni, percorrere quei corridoi deserti era un'esperienza se possibile ancora più lugubre di quella fatta poco prima passando in mezzo ai cadaveri. C'era qualcosa di minaccioso fra le pareti dove erano appese le cartine dell'Italia, le bacheche stipate di avvisi, i cartelloni con i lavori di gruppo e alcune vecchie foto in bianco e nero che risalivano al dopoguerra e testimoniavano la fondazione della scuola. In una si vedeva il benefattore, Luigi Perona, fissare l'obiettivo con sguardo truce.

Tutti coloro che da mezzo secolo a quella parte erano stati bambini nelle Valli di Lanzo si erano giocoforza seduti a quegli stessi banchi. In senso letterale: anche se negli anni settanta il comune aveva rinnovato il mobilio, resistevano alcuni banchi di formica verdina con il buco per inserire il calamaio nell'angolo in alto a destra.

Quando arrivarono davanti alla sezione B della seconda media furono attraversati da un'energia sgradevole. Lì dentro la professoressa Cardone si era trincerata – insieme a tutti i suoi studenti – per sezionarsi un morso dopo l'altro.

Schiusero con timore la porta dipinta di azzurro, e rimasero sorpresi. Non c'era traccia di sangue sul pavimento o intorno alla cattedra, né del pandemonio che si era scatenato qualche settimana prima. Era come se la bidella fosse appena passata per dare una rassettata: tutto, nell'aria, sapeva di ammoniaca. Eppure l'inquietudine persisteva.

"Direi che mia cugina ha fatto un bel lavoro," tentò di scherzare Teo. Continuava a grattarsi la fronte, il prurito non se ne andava.

La mente di Sonia, però, era già altrove. "Vediamo la sala insegnanti."

Di fronte ai bagni, accanto alla stanza del preside Copperi, avevano ricavato la sala insegnanti delle medie: poco più che un ufficetto. Due strette scrivanie – con delle sedie disposte tutt'intorno, appena meno scomode di quelle destinate agli studenti – erano state affiancate per dare agio ai docenti di appoggiarci sopra i compiti in classe e i documenti. Qualche lampada da tavolo, dei portapenne colmi di evidenziatori e matite, alcuni blocchetti di post-it e un paio di posacenere della Campari. Un estintore era fissato alla parete, vicino a un boccione dell'acqua e a un distributore di bevande calde.

Gli armadietti erano schierati sulla destra. Trovarono a colpo sicuro quello della professoressa Andreina Cardone – il nome scritto con una grafia antiquata –, che come tutti gli altri non era chiuso a chiave. La fiducia reciproca, fra i docenti, doveva regnare sovrana.

La prima cosa fu l'odore: non appena lo aprirono, si diffuse subito quella nota fastidiosa che nonna Ada aveva sempre addosso, e che Sonia riconobbe all'istante.

All'interno dell'armadietto c'erano vari registri, una fetta rinsecchita di ciambellone avvolta nella stagnola e dei cosmetici mezzi consumati.

"E questo?" chiese Sonia.

Estrasse dal fondo un piccolo taccuino con la copertina vinaccia, protetto da qualche giro di spago. Non fece in tempo a sciogliere il nodo che qualcosa di pesante e definitivo le calò sulla testa.

"Mi rincresce," fu tutto quello che riuscì a sussurrare Teo, in lacrime, mentre stringeva ancora fra le mani l'estintore.

Sonia rovinò ai suoi piedi.

Zio Fortunato gli aveva insegnato un metodo infallibile per dare la caccia ai vermi. Bisognava attendere che piovesse con decisione, e i campi fossero ben bene inzuppati d'acqua. Non appena terminata l'alluvione, lo zio infilava nel terreno morbido un picchetto di ferro intorno al quale era avvolto un filo collegato a una presa di corrente. Tempo pochi minuti e i lombrichi – disturbati dalle vibrazioni provocate dalle scariche elettriche – cominciavano a fuoriuscire in abbondanza dalle zolle. A quel punto catturarli era un gioco da ragazzi: lo zio li ammucchiava a manciate in certi barattolini di plastica che poi rivendeva ai pescatori della zona.

Una cosa simile stava accadendo nella sua testa. Era come se qualcuno stesse bussando con insistenza *da dentro*, ed era tutt'altro che piacevole. (*Tak tak. Slaaash. Tak tak. Slaaash.*) Teo aveva iniziato ad avvertire un leggero ticchettio già mentre saliva su per la *chintana*, una specie di interferenza che si era amplificata quando era entrato nell'istituto: qualcosa che l'aveva obbligato a fare ciò che aveva fatto alla povera Sonia. Adesso, immagini opprimenti e assurde affioravano come dei lombrichi. E lui non poteva che riviverle.

Tutti i ricordi delle violenze, delle umiliazioni e dei soprusi – compiuti o subìti nel corso della vita – avevano scavato gallerie dalla zona più profonda della sua memoria, e ora gli occupavano il cervello... la volta in cui un paio di ragazzi più grandi, nei bagni di quella stessa scuola, lo avevano costretto a leccare il pavimento... l'estate in cui aveva scovato un formicaio dietro la cascina, e si era divertito a torturare le formiche bruciandole vive con la lente d'ingrandimento... o quando il padre, per punirlo di chissà cosa, gli aveva dato il compito di pulire un intero campo di ortiche strappandole una a una con le mani nude...

Poi, dal corridoio che dava sull'ingresso della scuola giunsero dei suoni. Due colpi secchi sul linoleum, seguiti da un tonfo umido che, avvicinandosi sempre di più, si trascinava verso la sala insegnanti.

Tak tak. Slaaash. Tak tak. Slaaash.

Ecco qual era il rumore che sentiva nei suoi pensieri, e tutt'intorno.

Intanto il prurito gli si era diffuso ovunque. Il cervello non riusciva a dare ordini ai muscoli: per quanto tentasse di muoversi, Teo se ne stava immobile, le dita ancora artigliate all'estintore. Era come non avesse sangue nelle vene, quasi ogni organo fosse disseccato e inerte. In circolo aveva solo quei ricordi terribili, che non cessavano di tormentarlo. Le palpebre, spalancate e asciutte, erano agganciate meccanicamente alle orbite da una forza sconosciuta. Suo malgrado, stava per scoprire tutto.

Quando ciò che produceva quel suono disgustoso si affacciò sulla porta della sala insegnanti, Teo finalmente vide.

E solo nella sua testa gridò di paura.

Gli ci volle un po' per capire chi o cosa fosse. La creatura indossava un inconfondibile tailleur beige, intriso di sangue secco e di una sostanza gialla e granulosa. Busto e gambe erano tutt'uno: un'enorme massa adiposa che con un cadenzare ritmato di tacchi strisciava verso di lui.

Illuminato dal sole, il corpo della professoressa Andreina Cardone – o quello che di lei rimaneva – era ancora più gonfio; nonostante il massacro che si era autoinflitta, pareva straripante di grasso. Sotto quella mole non erano certo visibili, però bisognava immaginarsela ritta sulle scarpe, che appoggiava a fatica una dopo l'altra cercando di spostare in avanti il bolo informe – come fanno le lumache.

Tak tak. Slaaash.

Furono gli occhi a permettere a Teo di riconoscerla: due minuscoli vortici al centro di un cratere, quasi un temporale fosse lì lì per scoppiare. La testa della Cardone era un nido di sterco, paglia e fango: tracce di capelli, là dove un tempo teneva il *puciu* ordinato, ondeggiavano simili a scariche elettriche. Un maelström che ipnotizzava, e insieme sembrava volesse comunicare qualcosa.

(*Vengo a prenderti.*)

Appena varcata la soglia la creatura si fermò, appoggiandosi a uno schedario. Cominciò a contrarsi e restringersi, producendo un respiro sobbollente: forse doveva riprendere fiato dopo lo sforzo.

Teo sentì un immediato sollievo alle braccia e alle gambe, la circolazione – quella vera – che si riattivava. Posò lentissimamente l'estintore, ma si rese conto che non era lui a volerlo: era lei. Si tolse dalle spalle lo zaino con altrettanta lentezza, lo aprì e ne rovesciò il contenuto a terra. Sul pavimento si sparpagliarono biscotti, qualche succo di frutta, la macchina fotografica di *Topolino*, cartacce, una borraccia, una scatola di Tic Tac. La torcia rotolò fino a Sonia, ancora priva di sensi.

Teo si chinò, e fece quello che la creatura gli stava ordinando: con la mano destra impugnò il lungo coltello da cucina – lo stesso che sua madre usava per tagliare la *sacocia* e riempirla di verdure prima di metterla in forno.

Quando il ragazzo intuì cosa stava per succedere, fissando l'amica come la creatura lo stava spingendo a fare, altre lacrime gli sgorgarono dagli occhi.

Stavolta Sonia stava sognando le parole, senza ombra di dubbio. Ed erano parole vergognose, da infiammare le guance e costringerla a deglutire. Alcune di queste – inesprimibili – non erano così diverse da quelle che le si affacciavano in testa le volte in cui, guardando la TV insieme ai genitori, sullo schermo compariva all'improvviso una scena di sesso. Quando capitava, Sonia si sforzava di fissare le immagini evitando a tutti i costi di incrociare lo sguardo dei suoi, che repentinamente cambiavano canale senza aggiungere altro.

Ciò che le accadeva in quei momenti – lo sapeva, sebbene cercasse di ignorarlo – aveva a che fare con il gioco proibito cui ogni tanto si abbandonava di notte, quando strofinava il bacino contro le lenzuola. Coincideva in modo insopportabile con la sensazione di piacevole disagio che avvertiva se a scuola un compagno più grande la guardava con troppa insistenza durante l'intervallo, o quando le sue amiche esibivano una giustificazione scritta perché non avrebbero potuto fare educazione fisica a causa di una generica "indisposizione", e Sonia sapeva che di lì a poco quel termine avrebbe riguardato anche lei...

Insomma, le parole che Sonia vedeva durante i sogni sancivano – in modo inequivocabile – che un tempo della sua vita era finito per sempre, e ne stava iniziando un altro.

Lo so chi sei, diceva la creatura senza aprire bocca. *Conosco tutto-tutto-tutto di te.* Sembrava parlare a entrambi i ragazzi, quasi fosse incapace di vedere cosa aveva davvero davanti, o di distinguere l'una dall'altro.

La mente elementare di Teo – che non riusciva a intercettare quel segnale in modo preciso, se non tramutandolo in impulsi a cui obbedire – ormai non poteva più fermarsi. Quindi strinse forte il coltello, guardò il corpo di Sonia e sorprendendosi lui stesso, piegò il polso verso di sé. La lama trapassò il giubbotto, la felpa degli Iron Maiden, la canottiera e affondò nello stomaco.

Il fiotto di sangue che zampillò sulla fronte di Sonia stesa ai piedi di Teo la svegliò del tutto. La guancia sinistra era a contatto con il pavimento gelato della sala insegnanti; il petto indolenzito per la caduta, la testa pulsava così tanto da sentirla prossima a esplodere. Ciò che mise a fuoco per primo fu il piccolo taccuino con la copertina vinaccia: era davanti a lei, lo spago ancora annodato a custodire il segreto di quelle pagine.

Poi alzò lo sguardo, e solo a quel punto capì. Quella che le si parava davanti era la *masca* più temibile che avesse mai incontrato: dunque, riuscì a riflettere, la Cardone era davvero una strega – come tutti quanti dicevano da sempre –, e a quanto sembrava della peggior specie possibile.

Conosco i tuoi amici, piccola Sonia Ala. Piccola, piccola-ah. Era come se quelle frasi – una specie di ritornello canticchiato, non diverso dal tono con cui gli adulti si rivolgono ai bambini – nascessero nelle orecchie stesse di Sonia e le rimbombassero all'interno della scatola cranica. *Al contadino ciccione e brutto-brutto ho già pensato.*

Dopo la prima coltellata, Teo era rimasto in piedi. Un alone scuro andava allargandosi sulla felpa, ma una forza ignota gli impediva di accasciarsi. Non sentiva dolore, quel potere a cui era ormai sottomesso l'aveva spinto a estrarre il coltello dallo squarcio che si era procurato all'altezza dello stomaco per poi conficcarselo di nuovo nella carne. Solo un accenno di smorfia – le labbra sghembe sotto i baffetti – lasciava intendere quanto tentasse di ribellarsi senza poter davvero opporre resistenza. Finché, alla terza coltellata, crollò a terra.

Sonia cercava di alzarsi, ma si sentiva debole come quando, ammalata, doveva starsene a letto per riposare dentro il sacco confezionato dalle ruvide mani di nonna Ada.

Alla tua amica penserò quanto prima, sai? La Talpa, la Napuli-ih-ih-ih... Proverò a essere paziente, la attenderò quando tornerà dal paese-paesino-paesello bello... E anche lei sarà tutta-tutta mia.

Perché la Cardone non avanzava? Cosa voleva farle, standosene lì impalata davanti alla porta?

La qualità dell'aria nella sala insegnanti cambiò colore. Il soffitto parve arrotolarsi come un tappeto, il pavimento venne rigato da crepe sottili: una si aprì proprio accanto a un braccio di Sonia. E gli occhi della professoressa si volsero all'indietro mostrando il bianco della sclera.

Scimmietta, mi manchi, disse la Cardone all'improvviso senza dire.

A Sonia venne la pelle d'oca: era la voce di sua madre. Quant'era che non la sentiva? Era morta anche lei, quindi, e quella creatura se n'era impossessata?

Alzati, la stava chiamando dolcemente, *vieni da me.*

Le ultime difese che la coscienza di Sonia aveva eretto si sgretolarono. Qualcosa la spinse a puntellarsi sulle ginocchia e sui palmi, e a rimettersi finalmente in piedi.

Si avvicinò alla creatura. Dentro di sé sapeva che quella era la scelta sbagliata, però non poteva opporsi. La sua scuola media era il luogo più inoffensivo che esistesse, eppure tutto ciò che c'era di terribile al mondo trasudava da quelle mura come una condensa. Si guardò intorno: se avesse avuto forza nelle braccia si sarebbe arpionata a qualcosa, ma non poteva fare altro che avanzare.

Brava, scimmietta. Brava.

Nelle narici sentì crescere e diffondersi il profumo di lavanda che emanava la pelle di sua madre. Negli occhi le si proiettò ingannevole il ricamo di nei che le punteggiavano la schiena – cosa che la mente di Sonia tentò di scacciare –, mentre tutti gli altri sensi erano impegnati a combattere un identico maleficio.

Quella che era stata Andreina Cardone si piantò le unghie ritorte nel suo stesso ventre, sotto i seni vizzi, e prese ad allargarlo sempre di più. Tentava di dilatarsi lo stomaco fino a occupare tutto lo spazio visivo che lo sguardo di Sonia potesse contemplare.

L'abbondante pancia della professoressa acquistò la forma di un'enorme nebulosa nera, che spalancata non mostrò l'oscurità senza riverberi dell'abisso, ma una luce invitante.

Vieni da me, e staremo insieme per sempre.

Se prima a Sonia sembrava di essere ancorata al suolo da una schiacciante forza di gravità, adesso una calamita gigante la attirava in avanti. Un passo dopo l'altro si sentiva più leggera, quasi le suole degli scarponcini non toccassero il pavimento: ed era proprio così, galleggiava a pochi centimetri da terra.

Il distributore di bevande collegato alla presa di corrente esplose, staccandosi dal muro e alzandosi a fatica nell'aria. Così come il boccione dell'acqua, i tavoli, le lampade. La serie di armadietti si scollò dal pavimento e con tutto il suo peso franò su una gamba di Teo, per poi proseguire indisturbata il viaggio. Ogni oggetto presente in quella stanza si sollevò di poco, attratto inesorabilmente da un unico punto di fuga: la pancia-magnete della Cardone.

I posacenere, gli stick rossi di colla Pritt e gli evidenziatori furono i primi a disintegrarsi al solo contatto con quel buco nero, producendo uno schiocco di insetti finiti in una griglia elettrica antizanzare. E così il taccuino che conteneva chissà quale rivelazione trovò la propria fine, inghiottito dalla nebulosa.

La porta della sala insegnanti era diventata un varco; della professoressa non restava più niente, solo una spirale in movimento che risucchiava tutto. Fogli protocollo, sedie, elastici e registri volteggiavano nell'aria: qualsiasi cosa presente nell'ufficetto sembrava destinata a confluire dentro quel vortice di luce nerissima, catturato e digerito per sempre dalla *masca*.

Anche il corpo morente di Teo prese a fluttuare – galleggiando basso come su un binario invisibile –, pronto a essere assorbito nel magma.

Le pupille di Sonia erano puntate verso quel centro palpitante, che roteando a mo' di betoniera si faceva a ogni passo più prossimo.

Siamo proprio uguali noi due, sai?, non-disse suadente la voce di mamma Sara, nell'istante in cui le scarpe di Teo e la fronte di Sonia stavano quasi per fondersi con l'infinito.

Ma quella frase non ebbe l'effetto sperato.

Sonia, che a fatica si stava abituando all'idea di essere altro rispetto ai suoi genitori (non era solo la semplice somma di due persone distinte, sapeva – *sperava* – di essere qualcosa in più di sua madre e di suo padre), riuscì ad aprire la bocca.

Sospesa a mezz'aria, pronunciò le parole a lungo sognate. Dapprima fu come quel lontano pomeriggio di aprile in cui aveva imparato ad andare in bicicletta. "Signorina, adesso queste non ti servono più," le aveva detto con tono secco il padre, smontando le rotelle che davano stabilità alle ruote. E lei si era ritrovata a pedalare incerta nel cortile, costretta a poggiare un piede per non perdere l'equilibrio. Poi, poco per volta, aveva acquistato sicurezza e il miracolo era avvenuto: le ginocchia mulinavano e la bicicletta sembrava andasse avanti da sola.

Adesso, la bocca spalancata, le parole sgorgavano lentamente. Sonia disse la prima, poi la seconda. Quando prese l'abbrivio pronunciò tutte le altre sempre più in fretta e senza esitare, con una violenza inattesa; come una filastrocca covata da tempo, il cui significato le era sempre sfuggito e che soltanto ora acquistava un senso.

Fu quello l'istante in cui ebbe un'intuizione che l'avrebbe accompagnata anche in futuro, fino alla fine dei suoi giorni: conoscere il nome delle cose significa salvarsi. Le parole salvano sempre. Erano l'unica arma di Sonia Ala, e lei a disposizione aveva quelle giuste.

Quando la ragazza richiuse la bocca, gli oggetti galleggiarono ancora per qualche secondo. Immobili nell'aria.

Maaaaaa... non-disse la creatura, che non aveva più né volto né corpo. La luce si andava affievolendo, la nebulosa era via via più debole.

In mezzo al buio che usciva dalla porta della sala insegnanti – profondo come un precipizio spalancato sul nulla – a Sonia parve di intravedere qualche stella. Non erano però gli astri che contemplava nelle notti d'agosto tenendo il naso puntato in su. I bagliori lontani, si rese conto strizzando gli occhi, erano le facce delle vittime di quei giorni, volti noti e meno noti mescolati fra di loro. C'erano Sergio e Cilia, c'erano i genitori di Teo, c'era il carabiniere scelto Donato Brachet con la sua eterna fidanzata Marta Leporis, c'era il muso amico di Baldo e lì in mezzo le sembrò di riconoscere anche lo sguardo seduttivo di Fabio Gisolo, insieme ai profili di tanti altri poveri disperati.

Maaaaaa...

Cosa stava cercando di comunicare, la *masca*, e a chi?

Sonia non ebbe tempo di domandarselo: il lamento si fece così assordante che riuscì a portarsi le mani alle orecchie appena prima che l'enorme apparato digerente in cui si era tramutata la Cardone implodesse. Un suono simile a quello di un lavandino sturato riempì lo spazio, e il varco si disfece in una pozza nerastra. All'improvviso, così come si era sollevato in aria, tutto quello che levitava dentro la sala insegnanti – compresi i corpi dei ragazzi – tornò a forza sul pavimento.

L'urto ebbe però un sapore dolce. Pur rovinando a terra, sembrava di essere tornati a casa. Sonia alzò gli occhi prima di perdere di nuovo conoscenza: dallo stipite della porta penzolavano stalattiti di una sostanza scura e fibrosa, mentre dietro la soglia ricomparvero i contorni del corridoio dell'Istituto comprensivo statale Luigi Perona.

Se ci si fosse soffermati su una delle foto in bianco e nero appese alle pareti, nascosta fra le comparse sorridenti il giorno dell'inaugurazione della scuola – cinquant'anni prima –, si sarebbe potuta scorgere la faccia inespressiva della professoressa Andreina Cardone. Già vecchia, identica nell'aspetto alla temuta figura che tutti gli studenti nel corso del tempo avevano incontrato.

Qualcosa si interruppe, fermando il disordine: ma quando le cose sono andate così male, si sa che una vera cura non è contemplata. Certo, il regno animale e quello vegetale avrebbero ripreso il loro corso. Perché persino gli alberi di Lanzo, persino la pianticina che Teo aveva innaffiato con tanta cura erano stati infettati. Sottoterra, di nascosto, le radici delle betulle alla Bajota, così come quelle dei castagni intorno alla baita di zio Fortunato, avevano preso a orientarsi con lentezza verso il tronco: il tentativo di succhiare la loro stessa linfa era la soluzione escogitata per nutrirsi di sé. Dunque anche quel processo autodistruttivo, come tutti gli altri, si fermò. La gente di quei luoghi si era sempre dimostrata nostalgica, abituata a tenere la testa ostinatamente rivolta al passato. Ma qualcuno avrebbe mai davvero rimpianto quanto accaduto a Borgo Loreto nell'inverno del 1996?

Nulla avrebbe potuto restituire la vita agli abitanti di Lanzo, né cambiare l'ordine degli eventi che avevano segnato – come un'ombra lunga che non intende andarsene – il destino di un intero paese.

(ULTIMO INTERLUDIO)

Dolce Sonia, nipote carissima.

Ti sembrerà assurdo, ma ogni tanto penso con affetto a quel periodo. Poi, per fortuna, torno lucida. E mi dico che sarebbe bastato davvero poco. Da piccola avevo una tartaruga: quando le cose si facevano difficili si rintanava dentro il suo guscio. L'età della mia innocenza era un posto dove anch'io volevo rifugiarmi, perché tutt'intorno il mondo mi pareva impazzito. Però ho rischiato di non essere qui a raccontarti questa storia. Se non ci fossi stata io, non ci sarebbe stata tua mamma... e dunque nemmeno tu!

Il potere delle *masche*, dicono, salta una generazione. Fa ridere come parola, "potere", non credi? Io preferisco chiamarlo dono. Comunque forse funziona davvero così. Mia nonna lo era, mia madre no. Io lo sono, tua mamma invece no: lei non è mai stata visitata da quelle fantasticherie a occhi aperti che spiano in maniera oscura il futuro. O che permettono di guarire i mali degli altri. Dunque tocca a te, quando sarà venuto il tempo, scoprire in che modo usare il tuo dono.

Ricordo bene quando ti ho vista per la prima volta. Sei nata settimina, proprio come me, ed eri minuscola. Quello è stato il mio ultimo momento davvero felice. Di lì a poco mi avrebbero rinchiusa in questo posto. Tua mamma ha scelto di chiamarti come me, un gesto pietoso e insieme commovente. Sono sicura che porterai questo nome nel mondo a testa alta, non solo perché è quello di tua nonna: ma perché è tuo.

Sai, un tempo non credevo alle dicerie. Mi avevano insegnato che più la gente chiacchiera alle spalle degli altri, più di solito non sa guardare oltre il suo naso. Fino a quel terribile Natale.

Quando nella scuola sono finalmente arrivati i soccorsi ero a terra, e tenevo gli occhi chiusi. Chissà da quanto ero lì. All'epoca avevo il pallino dell'antico Egitto, nel letto prima di dormire giocavo a fare la mummia. Sono rimasta ferma immobile per un bel pezzo, proprio come una mummia, o un animale che fa finta di essere morto. Avevo paura che il pericolo non fosse passato.

Su quel che è accaduto dopo, la mia memoria è molto confusa. Ho sentito un rumore fortissimo, sembrava un grosso camion che si avvicinava. Quando ho aperto gli occhi c'era un gruppetto di persone, vestite come si vestono gli astronauti. Camminavano avanti e indietro dalla sala insegnanti verso il prato accanto alla scuola. Poi mi hanno fatta stendere su una barella. Più tardi con l'elicottero, ecco cos'era quel rumore, sono stata portata in ospedale. Gli astronauti continuavano a ripetere che non dovevo preoccuparmi, che tutto si sarebbe risolto. Io facevo sì con la testa, ma non riuscivo a parlare.

Avevano ricevuto una telefonata anonima dalla cabina telefonica vicina alla stazione. Nessuno ha mai capito chi li avesse avvisati, ma io un'idea ce l'ho: il matto del paese. Sono sicura che è stato lui a salvarmi... con il suo sigaro fra le labbra e il bastone da passeggio! Avrebbe senso, vero, Sonia? L'ho cercato, volevo ringraziare quell'unico adulto di Lanzo senza un dente in bocca. Di sicuro aveva spiato me e Teo mentre andavamo verso la scuola, ignari di tutto. L'ho cercato, ma non si è fatto trovare.

La vera gioia però è stata quando mi sono svegliata in quel letto d'ospedale. Nella stanza c'erano mia mamma e mio papà. I tuoi bisnonni, che si erano salvati da quella che tutti dicevano fosse stata un'infezione, una malattia... invece io penso che era una specie di maledizione. Incomprensibile, come tutte le sventure. La cosa importante era che i miei genitori erano lì, davanti a me. Del resto del mondo m'importava poco.

Insieme, poi, siamo tornati a casa. Per mesi non ho parlato. Di notte avevo incubi spaventosi, mi sembrava impossibile svegliarmi. Dovevo di nuovo mettermi la placca per non farmi saltare i denti da quanto stringevo le mascelle. Mia madre mi accompagnava a fare delle visite. C'era un medico che ogni volta che entravo nel suo studio mi trattava come una bambina di cinque anni. Io proprio non lo sopportavo, forse per quello me ne stavo zitta.

Finché una mattina di fine agosto, mentre facevo colazione, al telegiornale hanno annunciato che Lady Diana era morta in un terribile incidente. Ho pianto di dispiacere, certo, ma anche di sollievo. L'ho preso per un segno: finalmente potevo iniziare a dimenticare il passato. Gli incubi un po' alla volta hanno lasciato il posto alle parole, e stavolta non erano più parole sognate. Ho ricominciato a chiacchierare, anche più di prima!

Soltanto alcuni anni dopo sono tornata in via Loreto. Era primavera piena, ricordo le siepi verdissime, gli alberi fioriti. Tutt'intorno si respirava un profumo di pace: mi pareva strano pensare che era lo stesso posto dei miei ricordi. Mi avevano chiesto di diventare priora, capisci, Sonia? Lanzo, dopo essere stato un villaggio fantasma, si ripopolava grazie a gente venuta da fuori. Volevano tenere intatte le tradizioni di un tempo.

Anche se ormai vivevo a Torino, dove studiavo, avevo un desiderio da realizzare. Da sempre volevo entrare nell'abbadia di Loreto con indosso quel vestito colorato e la coccarda. Con qualche timore, alla fine ho accettato. È proprio vero, come ha detto qualcuno, che puoi togliere una ragazza dalla provincia ma non puoi togliere la provincia dalla ragazza...

Non temevo più la casa al 143, sentivo che quello che c'era di sbagliato se n'era andato. E se n'era andata nonna Ada. Tutti la pensavano morta, ma io ero certa, e lo sono ancora oggi, che è sparita chissà dove. E sai perché lo penso? Perché prima di essere stata trasportata in elicottero, per terra in mezzo al finimondo della sala insegnanti ho intravisto un coccio blu. Blu, con il disegno di una stella. Nonna Ada aveva lasciato una traccia del suo passaggio che solo io potevo capire. Dietro quel caratteraccio nascondeva il fatto di essere una *masca* buona. Proprio come faceva quando mi portava a scuola col Motorella (e m'infilava i giornali sotto la maglia), così chiudendomi in casa per tutti quei giorni aveva cercato di proteggermi. Ma io come potevo immaginarlo? Aveva intuito la furia distruttrice che animava la Cardone: un odio profondo verso Lanzo e i suoi abitanti che, chissà poi per quale motivo, aveva spinto la professoressa a sterminarli tutti. Nonna Ada sperava che potessi fermarla io. Dopotutto ero sua nipote, avevo ereditato il dono, dovevo solo imparare a governarlo... Nel suo modo burbero, mi stava insegnando a diventare grande.

Quando ormai erano vecchi, i miei genitori sono andati a vivere proprio a Borgo Loreto. Avevano miracolosamente resistito all'usura degli anni, nonostante mio padre abbia fatto di tutto per sabotarsi, e mia madre non abbia mai alzato un dito per impedirglielo. Io l'ho perdonato, e anche lei. Hanno ristrutturato quella casa per poter trascorrere in serenità l'inverno della vita. Poi, dopo che sono morti, ci sono andata a vivere io con tuo nonno. Quelle scale di legno ripide che portavano al piano di sopra erano ancora le stesse... Ho imparato il dialetto, e il destino ha voluto che diventassi io, la guaritrice di Lanzo.

So che il male tornerà, cara Sonia, torna sempre. Purtroppo però non ti so dire in quale forma o fra quanti anni. Se porterai pazienza imparerai a riconoscerlo: non ho dubbi. Come mia nonna aveva messo in me la chiave per sconfiggerlo, io con questi dispacci – si chiamano così, le registrazioni che ti sto facendo? – spero di aver deposto in te la chiave per salvare te stessa e gli altri.

Adesso che oltre al ciuffo che avevo da bambina tutti i miei capelli sono diventati bianchi, adesso che tuo nonno non c'è più, e mi manca tantissimo, cerco di sopportare come posso questo istituto in cui vengo trattata con rispetto e timore.

Di quel Natale una sola cosa mi dimostra come tutto sia accaduto davvero. Ho un'unica prova, che conservo in un cassetto. È sgualcita dal tempo e dalle carezze, ma nessuno me l'ha tolta. Si tratta della foto che insieme a Teo ci eravamo scattati prima di entrare nella scuola, quel primo dell'anno. Avevamo girato la sua buffa macchina fotografica verso di noi, cercando di stare tutti e due nell'obiettivo. Non siamo proprio a fuoco, le teste sono tutte e due mezze tagliate. Ma i nostri sorrisi, quelli ci sono, e dicono molto di chi eravamo.

I miei stanchi occhi non hanno più visto una nevicata come quella del 1996, e io non ho mai più avuto un amico come Teo Savant…

Mi rendo conto di aver parlato – o scritto? – tanto, ora sono molto affaticata. Spero di poter tornare da te molto presto, se la salute mi assiste. Ti stringo con tutto l'affetto che ho addosso, e ti assicuro che è tanto, mia nipote speciale!

Sii forte e coraggiosa, perché il futuro ti attende. Non avere paura di abbracciarlo. Sempre tua

Nonna

La cosa più stupida

È la sera del 22 maggio 1996: la Juventus sta per vincere la Champions League. Lui però è di fede granata, proprio come il padre, il fratello del padre, il nonno e tutti i parenti maschi da generazioni; essere torinisti, nella sua famiglia, è l'unica scelta possibile. Del resto zio Fortunato – la cui prima automobile, si vanta, aveva come iniziali della targa una erre e uno zero, per poter comporre con la sigla della provincia la scritta TORO – non si stanca mai di ripetere un mantra: "Meglio morti che gobbi."

Una partita dopo l'altra, Teo Savant ha seguito con una certa riluttanza l'ascesa della Juve di Marcello Lippi durante la Champions, finché la squadra è arrivata alla finalissima. Così non si è potuto tirare indietro di fronte alla proposta di guardare la sfida decisiva contro l'Ajax a casa di Gianluca Airola Richiardi, il più ricco e strafottente dei suoi compagni di classe. Neanche a dirlo, un convinto tifoso bianconero.

Nei corridoi del prestigioso Istituto salesiano Don Bosco, l'unico vero credo è la Juventus. Fra quelle aule Teo non è preso in giro come accadeva nella vecchia scuola: lì, semplicemente, è ignorato. Dunque quando è arrivato l'invito a casa di Gianluca per un appuntamento "pizza e partita" non se l'è sentita di ammettere che la sua squadra del cuore è quella rivale per eccellenza.

La serata è una tortura: Teo è costretto a ostentare una felicità fittizia, inoltre il disagio è amplificato dal trovarsi in un posto in cui viene considerato *normale* tutto ciò che a lui sembra straordinario. La tavernetta, per esempio, un'area grande quanto il laboratorio della cascina dove i suoi genitori pastorizzano il latte, completamente adibita al divertimento adolescenziale. Ovunque Teo si volti è destinato a inciampare nel lusso: un gigantesco televisore ultrapiatto, un avveniristico lettore DVD, un impianto stereo dotato di casse alte quanto lui, videogiochi di ogni genere, un tavolo da ping-pong, un calciobalilla e persino un'amaca appesa fra due palme di plastica a grandezza naturale.

Il regno dei fratelli Richiardi (il suo compagno Gianluca è il minore dei tre) quella sera è anche a sua disposizione. Eppure Teo se ne sta in un angolo, silenzioso, e interviene solo se interpellato. Per il resto cerca di sparire dentro la sua maglietta sformata e i jeans stinti: non potrebbe mai essere confuso con uno di quei rampolli – figli di piccoli imprenditori di provincia – nemmeno se indossasse, come tutti loro, la Fred Perry d'ordinanza, pantaloni leggeri color sabbia e i mocassini.

Prima del fischio d'inizio, durante un aperitivo a base di salatini e Coca-Cola (la birra farà il suo ingresso solo nell'intervallo, quando il padre di Gianluca – strizzando compiaciuto l'occhio a tutti – scenderà in tavernetta reggendo sottobraccio una cassa di Moretti da 66, e pazienza se gli ospiti sono ampiamente minorenni), i suoi compagni hanno preso a denigrare uno dopo l'altro i professori del Don Bosco. Li insultano con fare violentissimo e gratuito: chi per l'ignoranza, chi per il servilismo nei confronti dei preti, chi per l'incapacità di abbigliarsi in maniera adeguata, chi per l'aspetto fisico. Poi si passa alle ragazze, ma devono interrompersi sul più bello perché sta per essere battuto il calcio d'inizio.

Il tema però è troppo succoso per lasciarlo cadere. "Conoscete qualcuno che ce l'ha abbastanza grosso da far arrapare la Galfré?" chiede provocatorio Gianluca Richiardi durante l'intervallo (le squadre sono ferme sull'1 a 1).

Nello stesso piazzale dove sorge il Don Bosco si trova anche l'Istituto femminile Maria Immacolata dell'ordine delle suore vincenzine. Durante la ricreazione le studentesse sono solite sciamare in cortile, adiacente a quello dei salesiani. Tutte le attenzioni degli studenti del Don Bosco, mentre giocano a calcetto o mangiano un panino, sono per le attività che si svolgono al di là della rete di protezione. Soprattutto sono rivolte a Marianna Galfré, che pare sia "una gran porca". Non ci sono prove certe di questa diceria – e a dirla tutta, checché i più spavaldi millantino chissà quale esperienza, nessuno di loro ancora per un bel po' di anni avrà modo di cimentarsi con la pratica –, ma è palese che se un maschio intende conquistare Marianna Galfré (o una delle sue amiche della Maria Immacolata) deve possedere *certe* doti.

A quel punto Teo Savant inizia ad andare in iperventilazione. Perché a ogni ritrovo in casa Richiardi che si rispetti, così ha sentito bisbigliare nei bagni del Don Bosco, c'è sempre un momento cruciale in cui gli invitati devono mostrare in pubblico le proprie dimensioni. Teo non si è mai spogliato davanti a nessuno (quando c'è educazione fisica lui si presenta a scuola già in tuta), e non intende farlo adesso. Però trova l'idea di restare in mutande – mostrando comunque porzioni della sua ciccia, ma pazienza – quantomeno tollerabile. Dovrebbe essere sufficiente perché s'intraveda la collinetta del pacco, giusto? È questo il motivo per cui, in vista della serata, conscio di quella competizione ha pensato bene di infilarsi negli slip un paio di calzini di spugna arrotolati.

Poi la partita contro l'Ajax riprende, e Teo torna a respirare in modo regolare. È una sfida al cardiopalma: l'Olimpico è in subbuglio, per qualche istante Vialli sembra lì lì per segnare il goal decisivo... ma il capitano juventino non ce la fa, suscitando il disappunto di tutta la tavernetta, che lancia contro lo schermo qualunque cosa a portata di mano: bicchieri di plastica, noccioline, sacchetti di Fonzies. Ci si trascina così ai nervosi e inutili supplementari, e infine ai calci di rigore.

Il pegno che Teo sta pagando per potersene stare comodamente stravaccato insieme agli altri – su un morbidissimo divano di pelle – consiste nell'indossare suo malgrado un cappellino bianconero che farebbe inorridire la sua intera stirpe, eppure prova a non dare troppo peso a quel dettaglio. Cerca di pensare solamente al *dopo*: lo aspetta una megapizza ai würstel con patatine fritte, e a seguire il più celebre dei gelati, il suo preferito fra i coni, il Gran Rico all'amarena (Gianluca si è vantato di custodirne nel freezer ben tre confezioni formato famiglia). Tutto, pur di scacciare il pensiero di spogliarsi. E per un po' crede persino di averla scampata, in particolar modo quando la Juve finalmente guadagna la tanto agognata coppa. Anche lui salta in piedi esultante, abbracciando chi capita e ululando di (simulata) gioia.

Ma la birra, assaggiata per la prima volta – direttamente dalla bottiglia, senza valutare quanta ne stesse davvero tracannando –, deve avergli fatto male. Gli sembra che la tavernetta oscilli intorno a lui, al ritmo della musica tamarra che chissà chi ha sparato a tutto volume. Sente la testa sempre più leggera, le facce dei suoi compagni sono come deformate, le voci gli arrivano distanti e confuse... Quando le pizze fumanti si materializzano sul tavolo di legno lo stomaco di Teo, di solito bendisposto verso qualunque cibo a qualsiasi ora, ha un sussulto.

L'interesse di tutti non è però rivolto alle pizze: si raccoglie in un angolo della tavernetta, dove i ragazzi sono disposti a cerchio intorno a qualcuno. Si avvicina anche lui barcollante per scoprire il motivo di quella calca, finché i suoi occhi registrano con terrore il fatto che Gianluca Airola Richiardi si è abbassato i pantaloni e i boxer. Le gambe magre e ossute divaricate, i pugni conficcati nei fianchi mentre mostra compiaciuto un cilindretto di carne rossastra in erezione.

"Ora tocca a voi," dice il padrone di casa, sul cui pube s'intravede qualche abbozzo di peletto. "Vediamo chi ce l'ha più grosso."

Obbedienti fino al servilismo, uno alla volta tutti gli altri maschi si slacciano le cinture o abbassano le zip, cacciando fuori l'uccello. Qualcuno, fra gli indecisi, si smanetta un po' per cimentarsi al meglio in quella tenzone testosteronica.

"Ehi, devi farlo anche tu," gli intima il vicino, visibilmente alticcio, sbottonandosi a fatica la patta.

Lo sguardo di Teo si vela per un istante, capace però di contemplare l'eternità: con gli occhi del futuro immagina cosa potrà accadere quando gli altri si renderanno conto dell'inganno. Anche in quella scuola, dove lui ha fatto di tutto per essere lasciato in pace, sarà destinato a tramutarsi nel bersaglio preferito dei bulli e dei prepotenti – per colpa di un paio di stupidi calzini di spugna.

Ci pensa il suo stomaco a ribellarsi per lui. E così – mentre ogni ragazzo presente in quell'umida tavernetta di provincia è concentrato sulla propria erezione – Teo si vomita addosso, imbrattandosi i jeans e le scarpe. Ed ecco ripresentarsi sulle piastrelle di cotto la merenda consumata qualche ora prima, ormai semidigerita: un fagotto di sfoglia farcito all'albicocca, due tortine al sapore di carota, un plumcake ripieno di yogurt e un pacchetto da sei di Ringo al cacao. Oltre ovviamente a Fonzies e salatini appena ingurgitati, dunque ancora quasi tutti interi.

La sua dignità è salva. Anche se, dopo quello spettacolo, non verrà mai più riammesso in casa Richiardi.

Solo allora ripiomba nel presente: è disteso in un letto, ospite di una stanza singola nel reparto chirurgia dell'ospedale di Germagnano. Il ricordo della cosa più stupida mai fatta e mai confessata a nessuno – neppure alla sua amica dal ciuffo bianco – lo spinge a sorridere di sé. Nelle ultime settimane, ogni volta che il suo corpo ha risposto agli impulsi del cervello portandolo a ridere o a piangere, si è dovuto arrendere al fatto che la pancia gli fa un male boia. I punti chirurgici lanciano staffilate potenti, e Teo non può fare altro che cercare di tranquillizzarsi, accordando il respiro ai pensieri.

Adesso sono le quattro di un pomeriggio di fine gennaio, e anche se l'orario delle visite inizierebbe di lì a qualche ora, l'infermiera gentile che si prende cura di lui è appena entrata nella sua stanza con fare scherzoso: "Matteo Savant, disturbo?"

Gli dice che ci sono due ragazze – "molto carine" aggiunge con sguardo furbetto – che hanno tanto insistito per venirlo a trovare. L'infermiera è pronta a fare un'eccezione: a un paziente così giovane uscito dal coma si concede più facilmente ogni cosa. Gli raccomanda però di fare il finto tonto, nel caso dovesse far capolino un medico.

"Ok," concede lui, grato di quella complicità. E i punti sulla pancia, in quella zona martoriata da tre implacabili coltellate che fortunosamente hanno schivato gli organi vitali, rispondono con un rapido lampo di dolore.

"Possiamo?" dice una voce stridula.

È Katia Russo a varcare per prima la soglia della stanza 217, seguita da Sonia Ala.

Come promesso, Katia ha spedito a Sonia una cartolina natalizia imbucandola nell'unica cassetta postale del comune di Casanova di Carolina (provincia di Caserta, non così lontano – in termini di esperienza emotiva – quanto Lanzo dista da Torino). La cartolina non è ancora arrivata. Katia però, di ritorno dalle vacanze, la settimana dopo l'Epifania è andata a trovare Sonia a Ciriè. Solo allora ha scoperto che non riesce a parlare.

È stata un'idea della madre di Sonia, quella di mandare le due amiche a fare visita a Teo; spinge la figlia il più possibile a uscire di casa, a vedere persone, nella speranza che questo acceleri la guarigione.

Ecco perché ora le ragazze (con una scatola di cioccolatini incartata malamente) sono entrambe in quella stanza d'ospedale, lo stesso in cui Sonia è stata a sua volta ricoverata fino a qualche giorno prima.

"Ciao," dice Katia un po' a disagio. I suoi capelli scurissimi tendenti al viola sono diventati più lunghi, ma non riescono a mitigare l'ingombro degli occhiali.

Le due si accomodano sulle seggiole di plastica accanto al letto e per un po' nessuno dice niente. Il tempo è scandito dalle gocce nella flebo appesa all'asta, che porta nutrimento al braccio sinistro di Teo.

Lui non ha memoria di quanto accaduto nella scuola: o meglio, crede che quella capitatagli insieme a Sonia sia stata una disgrazia. È convinto che le ferite sparse in tutto il corpo siano dovute agli armadietti o allo schedario che insieme al resto gli è rovinato addosso: così gli hanno raccontato quando si è svegliato (nessun coltello è stato rinvenuto sulla scena), e lui non ha dubbi che quella sia la verità.

Teo ha una sola, triste certezza: le persone scomparse non torneranno – neppure i suoi genitori.

Del resto, quando i vigili del fuoco e la protezione civile di Germagnano sono riusciti a raggiungere la sala insegnanti – bardati con uno scafandro per timore di infettarsi –, lo spettacolo che si sono trovati davanti era quello di due ragazzini semisepolti dai detriti. Uno dei quali, il maschio, in gravi condizioni per via della scossa di terremoto che si crede abbia interessato lo sventurato paese di Lanzo la mattina del primo gennaio.

Né Teo né Sonia – unici superstiti – sono stati in grado di raccontare perché in quel momento si trovassero nell'istituto. Nessuno è stato capace di stabilire cosa fosse la sostanza nerastra che sgocciolava dalla porta della sala insegnanti. E la Cardone, scomparsa chissà come dall'ospedale, è stata ritenuta morta.

"Ma Peggy come starà?" chiede Teo a Sonia, nel tentativo vano di farla parlare. In realtà da quando ha messo piede nella stanza lui ha un unico pensiero: è solo una sua impressione, o le tette le sono cresciute?

Sonia sorride appena, stringendosi nelle spalle.

Sul tavolino a fianco del malato, dove hanno poggiato la scatola di cioccolatini, ci sono dei videogiochi portatili, una pila di fumetti, un pacchetto gigante di pastiglie dissetanti Leone e una lattina di Fanta.

Katia si sistema gli occhiali sul naso: "Certo che qui ti viziano, eh?"

Teo sogghigna, mostrando l'apparecchio per i denti. Ha una gamba ingessata; di lì a poco le ragazze lasceranno sul gesso le loro firme col pennarello. E, una volta conclusa la visita, lui piegherà la testa di lato, cercando di capire se quel puntino sopra la "i" della scritta SONIA è davvero un cuoricino. Come gli sembra e come spera.

Uscendo dall'ospedale, le amiche dovranno fare attenzione: così come quando sono entrate, cercheranno di schivare le telecamere dei TG locali e i giornalisti in cerca di nuove indiscrezioni, per non essere coinvolte in quella che è stata definita "l'infezione cannibale di fine secolo". Le testate del *Risveglio* e del *Canavese* – i due quotidiani della zona – si contendono la notizia da giorni e continueranno ancora per un pezzo, sebbene ormai sia tutto finito. Nessuno degli abitanti di Lanzo è morto davanti agli obiettivi, nessuno – eccetto Sonia e Teo – ha visto con i propri occhi.

Nei mesi seguenti Katia e Sonia torneranno a scambiarsi lunghe lettere come facevano un tempo. Katia chiederà spesso all'amica di raccontarle quello che è successo durante le vacanze di Natale, e Sonia risponderà con slancio, aggiungendo ogni volta qualche dettaglio in più. Ma chi non ha visto non potrà mai davvero sapere.

Poi, come spesso accade a quell'età, le due si lasceranno andare a vicenda, salutandosi senza troppi rimpianti.

Ora sono ancora in una stanza d'ospedale, incapaci di scacciare l'imbarazzo di quella visita.

"Ti spiace guardare nel mio armadietto?" chiede Teo a Katia.

Quando lei, senza capire il perché della richiesta, si alza e apre l'anta, appesa a una gruccia c'è una felpa.

"È quella degli Iron Maiden," commenta lui. "Devo farla ricucire, ma vedi che avevo ragione? Mi ha portato fortuna. Tu ci credi alla fortuna?"

"Ma quando mai," fa Katia sovrappensiero, osservando schifata il mostro impresso sulla felpa.

La domanda però era rivolta a Sonia, che si è limitata ad annuire.

A quel punto l'infermiera si affaccia di nuovo sulla porta.

"Dobbiamo già andare?" domanda Katia con le labbra rivolte in giù.

La donna scuote la testa: "Oggi abbiamo molte visite," dice con voce squillante, lasciando entrare un uomo.

Sonia riconoscerebbe ovunque quei baffi grigi, quel taglio degli occhi. Dunque Teo aveva ragione, pensa mentre si ritrova paralizzata sulla sedia: i genitori del suo amico sono davvero stati *scambiati*.

Poi quando il tizio si fa avanti – "Come stai, campione?" dice, quasi identico al cadavere che lei ha visto disteso in un letto –, quando Teo ricambia affettuoso il saluto, quando Sonia lo osserva meglio, capisce di essersi sbagliata. Quello è zio Fortunato, che porta in dono al nipote un oggetto esotico. Solo nei film le era capitato di vederlo, prima di allora.

"È un telefonino," spiega l'uomo con una certa fierezza. "Ho memorizzato il mio numero, così possiamo chiamarci le volte che ti senti solo." E gli dà un buffetto sulla guancia.

A Sonia scappa una lacrima silenziosa.

Una delle prime cose che farà Teo, una volta dimesso, sarà andare dal barbiere e tagliarsi il codino. Ma quel gesto non basterà a cancellare dai suoi ricordi le ultime giornate trascorse a Borgo Loreto. Tolto il gesso, la gamba gli darà per tutta la vita una leggera zoppia. Andrà a vivere con lo zio. Vedrà poche volte Sonia negli anni a venire, spesso per caso. Lui lavorerà in officina, lei si trasferirà a Torino per studiare. E quando si ritroveranno non faranno mai parola di ciò che entrambi hanno attraversato.

Adesso però, ancora per poco, sono due ragazzini. Perlomeno nell'aspetto. Insieme hanno vissuto la più crudele delle esperienze. Il verbo del cambiamento, spietato e necessario, è sceso su di loro come una benedizione: crescere.

Inizia il vero orrore.

INDICE

Finito di stampare nel mese di gennaio 2022 presso
L.E.G.O. S.p.A.
Stabilimento di Lavis (TN)

Printed in Italy